U1003027

周建忠 陈亮 著

# 尽吸西江谁与敌

## 诗词竞赛指南

凤凰出版社

图书在版编目（ＣＩＰ）数据

尽吸西江谁与敌 ： 诗词竞赛指南 / 周建忠, 陈亮著
, -- 南京 ; 凤凰出版社, 2022.4
ISBN 978-7-5506-3598-2

Ⅰ. ①尽… Ⅱ. ①周… ②陈… Ⅲ. ①古典诗歌－基本知识－中国 Ⅳ. ①I207.2

中国版本图书馆CIP数据核字(2022)第044863号

| | |
|---|---|
| 书名 | 尽吸西江谁与敌——诗词竞赛指南 |
| 著者 | 周建忠　陈　亮 |
| 责任编辑 | 李　霏 |
| 书籍设计 | 陈贵子 |
| 出版发行 | 凤凰出版社(原江苏古籍出版社)<br>发行部电话025-83223462 |
| 出版社地址 | 江苏省南京市中央路165号,邮编:210009 |
| 照排 | 南京凯建文化发展有限公司 |
| 印刷 | 安徽省天长市千秋印务有限公司<br>安徽省天长市郑集镇向阳社区邱庄队真武南路168号 |
| 开本 | 880毫米×1230毫米　1/32 |
| 印张 | 6.5 |
| 字数 | 151千字 |
| 版次 | 2022年4月第1版 |
| 印次 | 2022年4月第1次印刷 |
| 标准书号 | ISBN 978-7-5506-3598-2 |
| 定价 | 38.00元 |

(本书凡印装错误可向承印厂调换,电话:0550-7964049)

# 目　录

# 前 言

诗词作为我国传统文化中的瑰宝，自产生之日起就不断引人沉醉其中。诗词不仅是我国古代文化的象征，也是千百年来中华民族的精神家园。诗词给予人们精神上的慰藉和美的享受，它让人们暂离现实的困顿，于中得以休憩。在五千年的历史长河中，我们国家和民族不论经历多少苦难和摧残，总是能身处断壁残垣却对未来充满憧憬，虽满面风霜却也不失儒雅，即使生存困顿也能乐观以对。诗词早已成为我们民族精神之魂。

国家对于优秀传统文化的传承越来越重视。2014 年 9 月 10 日，习近平总书记到北京师范大学考察时就曾明确提出“我很不希望把古代经典的诗词和散文从课本中去掉，加入一堆什么西方的东西，我觉得‘去中国化’是很悲哀的。应该把这些经典嵌在学生的脑子里，成为中华民族的文化基因”。随后他又强调，“古诗文经典已融入中华民族的血脉，成了我们的基因。我们现在一说话就蹦出来的那些东西，都是小时候记下的。语文课应该学古诗文经典，把中华民族优秀传统文化不断传承下去”。

教育部原部长陈宝生则提出，传承与弘扬中华传统诗词，具有固本、铸魂、打底三大功能。第一，覆盖教育的各个学段，从小学到大学，各个学段都覆盖，因为我们把这项工作看作固本的工程。第二，融汇到我们的教材体系中去。因为我们把这件事看成是一个

“筑魂”的工程。第三，贯穿在人才培养的全过程，因为我们把这件事看作中国人打底色的过程。

复旦大学陈思和教授认为，一个国家的文化发达，主要体现在文学艺术；而文学艺术是否发达，关键在于诗歌；诗歌是整个文学中最为精致的部分，而考察文化水平的高低要看最精致的部分。

在国家对传统文化的不断关注和推动下，学诗成为了一种新的时代潮流。习近平总书记说：“学诗可以情飞扬、志高昂、人灵秀。”诚哉斯言！在当前大环境下，各种诗词比赛层出不穷，越来越多的人开始对诗词比赛产生兴趣。为了给想参加诗词比赛的朋友提供相关的比赛指导，也为了更好地弘扬中国优秀传统文化，本书应运而生。

本书编撰的初衷是为参加诗词比赛的朋友提供一些简明有效的得分方法，但在实际的编写过程中我们发现，若按照这个思路去编书会有很大的困难。根本原因在于诗词跟数理化这些有严密逻辑和一般规律的学科不同，诗词是感性的而非理性的；诗词中没有以一推百的规律，也没有绝对适用的公式；诗词是流动的而非固化的；诗词是灵性的而非生硬的；诗词是跳跃的而非死板的……我们在考查各类诗词比赛的题库后发现，比赛基本上都侧重于考查选手诗词量的积累、选手对诗词背景的理解和对诗词基本常识的掌握，而对答题技巧的要求并不高。因此，我们转变了编书思路，以增加读者的诗词知识储备为主，而以答题技巧和方法为辅，希望各位读者能够理解。

在比赛技巧这一方面，本书着重提醒各位选手在上场、比赛、下场的注意事项。对于技巧性相对较强的“九宫格”类型的题目，本书也给出了一些解答技巧。最初我们从汉语的语法结构来分析这类题目，希望能使读者对各种类型的诗句都有一个较为全面的语法认识，但又考虑到本书的写作目的是为参赛选手提供一些基本指导，在考虑到赛场的竞争性和限时性特点后，我们觉得从各种语法结构上去分析诗句，对于快速解答“九宫格”这类题目是不太现实的，反而会干扰选手的判断。因此，本书仅强调一些快速解答这类题型的关键点，希望读者朋友知悉原委。为了让想参加诗词比赛的读者对诗词比赛的题目有更加直观、清晰的认识，本书特别收录了一些诗词比赛的真题，希望能够对读者朋友们有所帮助。

大家学习诗词的目的不应是借此标榜自己，选手们参加诗词比赛的目的也不完全是争胜，借诗词炫耀自己的行为无疑是十分肤浅的，学习诗词的根本目的在于提升自身的审美能力和文学素养。可能每个人都会在现实中因生活而满面风尘，但是诗词提醒我们，在大家忙着低头赶路的时候，头上依然高悬着璀璨夺目的星空，诗词给予我们仰望星空的能力，也给予我们寻找另一片天空的机会。

为了使本书的水平再上层楼，恳请各位读者朋友不吝赐教，若发现本书错误、疏漏之处或者有其他看法和建议，敬请一一指教。

# 第一章　组织比赛

## 第一节　诗词竞赛的历史

自中央电视台的《中国诗词大会》节目播出后，各种诗词比赛在地方电视台层出不穷，逐渐形成一股"诗词热"，这其中便蕴含着我们现代人心中的"诗意"。诗歌在古代的社会地位较现在更高，在古代，诗歌充当着人们日常生活中传情达意的工具，在一些重要的场合，比如外交或者祭祀中，被视作一种典雅、庄重的礼仪规范；在一些轻松愉快的场合中，也发挥着活跃气氛、怡情怡性的作用。在这些大大小小不同的场合里，古人自然免不了会在诗歌技艺上进行比拼，就出现了当时的"诗词比赛"，可想而知，那时的"诗词比赛"内容、形式等与我们现在看到的诗词比赛大相径庭。

诗词比赛的历史最早可以追溯到先秦，先秦人喜欢诗歌，在当时的外交辞令中也会引用几句《诗经》中的句子，借此来显示自己文学素养的深厚、语言的雅致，以至于有"不学诗，无以言"的说法，这里的"诗"指的就是《诗经》。在日常生活中，他们用"当筵歌诗""投壶赋诗"等娱乐方式将诗歌和娱乐结合，这种"当筵歌诗"是中国最原始、最流行的一种"斗诗"形式。据《左传》记载，当年晋昭公宴请齐景公时，席间行投壶之礼，赋诗助兴。中行穆子举箭而歌：“有酒如淮，有肉如坻。寡君中此，为诸侯师。”投中了，轮到齐侯。齐侯亦举矢而歌：“有酒如渑，有肉如陵。寡人中此，与君代兴。”由此可见“当筵歌诗”在当时的流行程度。

西汉时，出现了文化史上一次比较有名的“斗诗”活动。相传西汉元封三年（前 108 年），柏梁台建成，汉武帝在台上大宴群臣，席间宣布凡是二千石以上的官员每人赋诗一句，然后合成一首诗。于是包括汉武帝在内的共二十六人写成一首《柏梁诗》，其形式为每句七言，每句都用韵，韵字有重复，是为联句诗的首创。起首是“皇帝曰：日月星辰和四时”，接着是“梁王曰：骖驾驷马从梁来”，他如“丞相曰：总领天下诚难治”“大司农曰：陈粟万石扬以箕”等等。每句注明作者身份，各述其职，句末皆谐声用韵，形成联句体的格式，称之为“柏梁体”。这就是当时最高规格的赛诗大会，后世多有仿效。

魏晋时“斗诗”形式又有变化，当筵赋诗在文人间开始流行，最热衷此事的文人之一便是西晋的石崇。石崇擅长诗文，又是大富豪，他在洛阳郊外金谷涧中，建造了豪华的“金谷园”，方便文人诗友聚会赛诗。宴席上，石崇与宾客常常当筵赋诗，创作出不少佳篇，统称“金谷诗”。石崇为《金谷诗集》亲自作序称：“遂各赋诗，以叙中怀，或不能者，罚酒三斗。”现在仍流行的“罚酒三杯”之俗即由此而来。

石崇的金谷宴席往往有几十人参与，其斗诗规则被称为“金谷酒数”。这种饮酒、赋诗的玩法，甚至罚酒的数量，在诗词繁荣的唐朝更是广为流行。诗人李白在《春夜宴从弟桃花园序》中称：“如诗不成，罚依金谷酒斗数。”渊源即来于此。

“金谷酒数”是中原北方文人的发明，在当时的南方则流行临水设筵，以“曲水流觞”的方式作诗、斗诗。觞是一种酒器，可漂浮，从上游流来的觞在谁面前打转或停下，谁就饮酒赋诗，他人唱诗应和。东晋时有一场著名的“诗词大会”是永和九年(353 年)上巳节时，在山阴(今浙江绍兴)举行的“兰亭之会”。参加这场诗会的有著名书法家王羲之及军政高官谢安、孙绰等 41 人。会上每个人都要作诗高唱，最后由王羲之为诗集书写序文，此即著名的《兰亭集序》。

诗歌发展到唐朝时达到极盛状态。在唐朝，生活中的各个角落都离不了诗，以文人酒局来说，每一场都是“斗诗会”，“斗诗会”上也出现了一些新的“斗诗”方式。唐朝人特别喜欢行令饮酒，全民参与，此即白居易所谓的“闲征雅令穷经史，醉听清吟胜管弦”(《与梦得沽酒闲饮且约后期》)。唐太宗李世民为秦王时，在官署西开文学馆，曾与杜如晦、房玄龄等十八文士，欢宴畅饮，行令吟诗，抚琴弄墨，等等。阎立本的《十八学士图》描绘的就是这个场景。

饮酒赋诗，并以图文记录，在当时是一件极风雅的乐事。白居易曾组织过两次由多位年过七旬的老人参加的“尚齿会”。这是以作诗吟诗为主题的酒会，会上要求每位老人都要赋诗，然后安排画工给每位老人画像，再将他们所赋之诗题到画上。

现今诗词比赛中难度较大的“飞花令”也出现在唐朝，“飞花令”在唐代是诗人最喜欢玩的酒令之一。飞花令，原是饮酒助兴的游戏之一，输者罚酒。酒令是酒文化的重要组成部分，它在筵席上是助兴取乐的饮酒游戏，萌生于儒家的“乡饮酒礼”，最早诞生于周朝。饮酒行令既是古人好客传统的表现，又是他们饮酒艺术与聪明才智的结晶。

“令”的意思就是约定所答诗中出现某字，定下某字便是某令，

"飞花令"又叫"拈字流觞",如出现"花"字,就叫"花字流觞令",出现"月"字,就叫"月字流觞令"。

"飞花令"又叫"春城无处不飞花令",因诗人韩翃《寒食》诗中"春城无处不飞花,寒食东风御柳斜"一句而得名。其实在唐代,带有"飞花"二字的诗句不少,如武元衡的"飞花寂寂燕双双",顾况的"飞花檐卜旃檀香",薛稷的"飞花乱下珊瑚枝",薛曜的"飞花藉藉迷行路",等等。而只有"春城无处不飞花"被公认为是"飞花令"的源起,其原因大致有二:一是韩翃是唐德宗李适欣赏的诗人;二是韩翃本人也是好酒之人,其不少诗作都和酒有关。

行飞花令时可选用诗和词,也可用曲,但选择的句子一般不超过七个字。"飞花令"有许多不同的玩法,略举两例。一例是讲字序的,合席约定每人吟一句诗词,其中要带"花"字,其难在"花"字须出现在特定位置上,如第一个人说"花落知多少"(孟浩然诗),那接下来的人说的诗句中"花"就得在第二字位,答"五花马,千金裘"(李白诗)是对的,如果说"感时花溅泪"(杜甫诗)就错了,要罚。再接着"花"就得在第三字位:"月照花林皆似霰"(张若虚诗),如果说"迷花倚石忽已暝"(李白诗)也不对,要罚酒。"花"在第七字位上则一轮完成,可继续循环下去。行令人一个接一个,当作不出诗、背不出诗或作错、背错时,由酒令官命令其喝酒。

在酒宴上,行令方式还可以有一些变化,如直接说一句带"花"字的诗,"花"字在诗中的位置对应到某客人,此客人再接,如果正好对应到自身,则罚酒。如行令人说"牧童遥指杏花村","花"在第六字,从行令人开始数到第六人接令,如果第六人刚好是行令人自己,则行令人喝酒。

还有一例是不讲字序的,吟出古诗词句中的"花"字排在哪一位,哪一位就饮酒,接着继续行令"飞花"。一般情况下,所有参与者都飞到“花”时才令毕，酒席才可结束。因此，玩“飞花令”时人人都少不了被罚酒和敬酒，确实“春城无处不飞花”。

“飞花令”在唐朝是酒令，但它也是“诗词大赛”的规则。目前各种比赛中出现的“飞花令”所采用的规则，就来源于唐时“飞花令”的规则。

除此之外，古代文人之间“斗诗”，也会通过举行各种雅集的方式来进行。在这样的文学聚会中，与会者各自赋诗，然后由众人公选的评判者来裁判孰为优胜，若所作诗数量较多，可能还会各自出资，结集刻印。这种集会赋诗的形式，常见的有限题赋诗和限韵赋诗，也有两者都限制的。这样的聚会在文人群体中十分普遍，小说《红楼梦》中对这样的场面着墨较多。海棠诗会是《红楼梦》中规模最大的一次诗歌创作和比拼大会。初秋季节，贾探春提议组成诗社，成员有林黛玉、薛宝钗、史湘云、“三春”、贾宝玉及李纨。诗社成立，李纨自告奋勇担任社长，点评诗作，迎春、惜春为副社长，分别负责出题限韵、誊录监场。诗社一共组织了三次大型集会，在第一次集会中，贾芸正好送了贾宝玉两盆海棠花，大家就以海棠花为主题赋诗，林黛玉在这次诗会中表现得气定神闲，大家苦思冥想之际，她却在玩耍聊天，最后一挥而就。薛宝钗在第二次史湘云做东的诗会上，发表了她的诗歌感言：诗题不要过于新巧刁钻古怪了，若题过于新巧，韵过于险，再不得有好诗，终是小家气。在这几次诗会上，林黛玉和薛宝钗的诗歌总是胜人一筹，难分伯仲。第三次集会在《红楼梦》第五十回，芦雪庵争联即景诗后，邢岫烟、李纹、薛宝琴、贾宝玉各作一首咏红梅诗。所以，海棠诗社的三次集会分别以海棠、菊花、螃蟹、红梅为主题，共作诗二十五首。虽然《红楼梦》中曾有元妃省亲时的“命题赋诗”，还有《葬花吟》、桃花社等各种作诗填词的机会，但海棠诗社是曹雪芹浓墨重彩、着意描写的文学社团,其中有建章、拟题、作诗、评诗的详细流程,大家各展诗才,流露了各自的内心世界,也凸显了彼此不同的性格特点。

因此,可以说在古代文人的生活里,诗歌占据了十分重要的位置,类似于现在诗词大赛这种互相比拼、互相竞技的诗歌比赛形式在古代也有不少。中国是一个诗歌的国度,诗歌传统自华夏文明蒙昧之初传承至今,虽然形式历经几多变化,但其风流慰藉的内在精神和骨气清朗的品格却一以贯之,诗歌时至今日依然是我们中华民族得以休憩优游的精神家园,也是每一个在尘世生活、步履匆匆的行人头上那片璀璨星空。



## 第二节　概述比赛

伴随着国学热的潮流,《中国汉字听写大会》《中国成语大会》和各类诗词比赛节目相继播出。这些文化类节目获得了观众的一致好评,在一定程度上显示了当今社会人们文化欣赏水平的提高与对传统文化的追求和爱好。以诗词作为比赛内容,古已有之。古人进行诗酒唱和,譬如“兰亭雅集”便是一次大型的诗歌盛会。东晋穆帝永和九年(353 年),正逢农历三月三日上巳节。王羲之和谢安、孙绰等 41 人在风景秀丽的会稽山阴(今浙江绍兴)兰亭举行修禊活动,这是上巳节一种祓除疾病和不祥的祭祀仪式。祓禊仪式结束后,众人列坐在水渠两旁,在上游放置盛酒的酒杯,酒杯顺流而下,停到谁的面前,谁就喝掉杯中酒,然后赋诗一首。正值“天朗气清,惠风和畅”的三月,春光宜人,大家意气风发,饮酒作诗,挥笔成墨,并打算汇诗成集,王羲之为此景所触动,即兴为诗集作序,挥毫泼墨,洋洋洒洒写下了《兰亭集序》,记述了当时文人雅集的盛况。

至唐代，诗歌与科举应试联系了起来，诗歌的发展趋于极盛，不仅文人士大夫醉心于诗歌，连上层统治者也十分喜欢诗，武则天就是其中的代表。在武周时期，武则天多次在洛阳举办“诗词大会”，其中最著名的便是“龙门诗会”。历史上记载：有一次武则天与众人出游龙门，期间来了诗兴，便让跟随的大臣们进行一场作诗比赛，武则天对胜出者“赐以锦袍”，作为奖励。群臣各不相让，奋力争夺。首先成诗的是左史东方虬：“春雪满空来，触处似花开。不知园里树，若个是真梅。”武则天觉得东方虬文思敏捷，又才华出众，立即把锦袍赐给了他，而此时，其他大臣也相继成诗，其中宋之问诗成，诗中最后几句是“先王定鼎山河固，宝命乘周万物新。吾君不事瑶池乐，时雨来观农扈春”。武则天本是为了游山玩水来到龙门香山，然而宋之问却称赞她不搞宫廷之乐，视察民情。武则天看过不禁大喜，赞不绝口，大声朗读，还令人从东方虬那里取回锦袍，转赐给宋之问。“香山赋诗夺锦袍”也成为诗坛上的一段佳话。宋人计有功在《唐诗纪事》中，对此有妙趣横生的记述：“武后游龙门，命群官赋诗，先成者赐以锦袍，左史东方虬诗成，拜赐，坐未安，之问诗后成，文理兼美，左右莫不称善，乃就夺锦袍衣之。”

可以看出，从古至今，诗歌一直有着文人雅士交流比赛的功用。略有不同的是，古人的诗词盛会是以创作为主；现代的各类“诗词大会”主要是考查参赛选手的诗词储备量及其对诗词的理解程度。

为建设社会主义文化强国，增强国家文化软实力，实现中华民族伟大复兴的中国梦，中共中央办公厅、国务院办公厅印发了《关于实施中华优秀传统文化传承发展工程的意见》，坚持创造性和创新性发展，使中华民族最基本的文化基因与当代文化相适应、与现代社会相协调。在相关政策的支持下，原创文化类电视节目迎来了新的发展机遇。于是，主流媒体相继成立研究部，并以专项资金支持部门研发，《中华好诗词》《中国诗词大会》等电视诗词文化类节目应运而生。作为首发的第一档诗词节目《中华好诗词》非但没有遇冷，反而以全国收视率第十六的好成绩打响了第一枪。综艺节目与诗词文化实现了成功融合。随后推出的《中国诗词大会》等诗词节目更是大获成功，不但在社会上掀起了一股“诗词热”，唤起了观众的文化记忆和对诗词的热爱，而且起到了传承中华优秀传统文化的作用。《中国诗词大会》聚焦于诗词比赛，吸引全民参与，以“赏中华诗词、寻文化基因、品生活之美”为基本宗旨，力求通过对诗词知识的比拼及赏析，带动全民重温那些曾经学过的古诗词，分享诗词之美，感受诗词之趣，从古人的智慧和情怀中汲取营养，涵养心灵。节目由董卿主持，邀请康震、王立群、蒙曼、郦波等人作为点评嘉宾，自开播以来，已成功举办六季。2016 年 6 月 10 日，《中国诗词大会》获第 22 届上海电视节最佳综艺栏目奖。

此后，诗词竞赛类节目在社会上引起诸多反响。全国各地亦掀起了举办诗词比赛的热潮，主办方根据自身情况举办规模大小不等、题目难度不等的诗词竞赛。目前各种各样的电视诗词竞赛对传承中国古代经典诗词文化有着重要意义，主要体现在：

### （一）引导主流价值文化的回归

电视诗词竞赛以诗词经典为内核，以全民竞赛的形式，在社会范围内传播诗词文化；以素人比拼和专家讲解的模式消解公众与诗词之间的隔阂，帮助公众走近诗词；又以媒介融合为手段，不断开拓诗词文化的传播空间，扩大诗词的影响力。诗词是中国传统文化宝库中的明珠，是由民族精神、民族情感凝结而成，诸多字句皆由千年历史凝集而成。由于古今语言差异，对于现今社会的人们来说，古诗词语言难免晦涩难懂，诗意难以把握，人们更无法知晓蕴藏于诗词中的传统文化内涵。为此，诗词竞赛节目对症下药，节目组邀请诗词研究者来到现场，既为观众深度解读诗词，让观众走进古诗，走近诗人；又向观众传达蕴含于古诗词中的文化内涵，以实现文化传承的目的；也引导观众挖掘古诗词中的精神力量，以期让诗词经典在更广的范围内产生积极影响。

当今社会上掀起的"诗词热"现象实质是主流价值文化的回归。古诗词因其晦涩难懂一直被人们视为"高冷文化"，这就致使诗词文化的有效传播被阻断，无法产生深远的社会影响。电视诗词竞赛将内容植根于诗词文化，汇聚于经典，而形式上又不乏娱乐性，使得"高冷文化"在保有文化高度的同时达到了"去冷"的效果。

(二) 发挥社会教化和启蒙作用

《中华好诗词》和《中国诗词大会》等诗词竞赛选择传统电视媒体作为主要传播手段，是因为电视媒体具有传播范围广的优点，传播内容也具有兼容性，受众可以为社会各界人士，电视媒体的呈现画面形象易懂，也容易被少年儿童接受和理解。诗词节目选在星期六晚上八点到九点播出，在星期日的白天档转播前一天的播放内容，节假日的固定播出时间无形中扩大了受众群体的覆盖面，儿童和青少年也可以在课堂之外学习古诗词，感受到古诗词的趣味，点燃对古诗词的热爱，这正如范曾先生对于诗词节目的评价："吹皱诗词文化的一池春水。"诗词节目至此起到了启蒙的作用。在央视和地方电视台助推下掀起的"诗词热"，让诗词微风吹遍社会的每一个角落，古诗词中蕴含的文化内涵和精神力量也在社会上起到了正面影响，受众不仅受到古典文化的熏陶，也受到民族品格的浸染。至此，诗词节目在向社会输送正能量的同时，也完成了社会教化的使命。

(三) 引发社会大众对诗词教学和电视作品的思考

诗词节目在制作之初,便将自身视为传播诗词文化的纽带和观众走近诗词经典的窗口,为此节目组在挑战者和诗词之间不断地寻找契合点,以打造自己的文化符号和宣传点,例如儿童组的“诗词神童”王恒屹、青年组的“台湾男神”张仲宇等,已经成为节目自身的名片和热点话题。六岁选手王恒屹的诗词储备量有近六百首,他对于诗词也并非知表而不知里,而是对诗词的意境有自己的理解。了解王恒屹的古诗词学习经历后不难发现,王恒屹奶奶在其中扮演了重要角色。平时奶奶就将诗词串成故事讲给孙子听,使得王恒屹对诗词有浓厚的学习兴趣,奶奶耐心的引导和陪伴使王恒屹在学习诗词经典的路上越走越远。王恒屹的经历对于我们现今的诗词教育和家庭教育具有重要的启示:兴趣的培养和维持可以化解儿童和青少年对古诗词的排斥和厌烦心理;亦师亦友关系的加持可以激发和维持学习者对于古诗词的兴趣;良好的家庭及学习环境可以为青少年学习诗词提供助力。除却诗词教学和家庭教育,电视作品更应以传承文化为己任,打造原创文化节目,为国民提供文化营养,帮助国民重塑文化自信。电视诗词竞赛创新文化传承方式,以诗词经典为内核,以全民竞赛的形式,在社会范围内传播诗词文化;以素人比拼和专家讲解的模式消解公众与诗词之间的隔阂,帮助公众走近诗词;又以媒介融合为手段,不断开拓诗词文化的传播空间,扩大诗词的影响力。文化的传承需要后继者不断发扬光大,在保有文化价值的同时融入时代元素,借势为传统文化留有一方天地,使其不至于被潮流趋势所侵蚀。传统媒体和新媒体也应意识到电视节目要植根于传统文化土壤中,打造具有文化质感的作品,肩负起传承文化的责任。

本书就在这样的背景下应运而生，拟以《中华好诗词》《中国诗词大会》等电视诗词竞赛为研究对象，通过深入分析电视诗词竞赛的竞赛形式、竞赛类型、赛前准备复习、比赛要点，如作答、题库等，以给予组织者与比赛者一些启发，为诗词爱好者指示学习的途径，也为参加诗词比赛的朋友们传授一些比赛技巧。

需要强调的一点是，本书的最终目的不是为了让参加诗词比赛的读者朋友赢得比赛，而是为了丰富各位读者朋友们的诗词知识。我们认为参加比赛获得优胜不是目的，参赛者如果通过比赛在诗词方面的综合能力得到了提升，才是真正的收获。我们需谨记体育竞技的最终目的是强身健体而非争一时胜负，人生的最终目的也不是功成名就，而是不断完善和提升自我。我们有理由相信，如果一个人以提升自我为目标，那么外在的名、利不过是在不断追逐这个目标过程中所收获的附加成果。

另外还需说明一点，这里所提出的一些解答的小技巧是建立在具有一定的诗词储量的基础上的，如果自身不下苦功夫，以为只凭这些小技巧就能取得好成绩，那无疑是痴心妄想。我们整理这些解答技巧是为了让有诗词基础的朋友在参赛时能够比较快速、准确地锁定答案，获得比赛胜利，这一点还请各位读者朋友知悉。

综上，我们认为如果想要在比赛中取得好成绩，能够有稳定的赛场发挥，以下四点至关重要：其一，基础知识要扎实，选手自身要有一定的诗词储备量；其二，心态要轻松，不能太注重胜负以致患得患失，进而影响比赛发挥；其三，内心深处要热爱和认同中国古典诗词文化和中国古代优秀传统文化，内心生发比外部认可更重要；其四，要有一定的临场应变能力，在陌生题型和分秒必争面前为自己留有空间。如果能做到以上四点，那么选手自身对诗词知识的理解和掌握必然有所提升，相信也能在赛场上展现出自身的风采，取得不错的成绩！

**考察内容：**

我们需明确诗词比赛考查内容的侧重点，这样我们在备赛的时候，才更有方向感和针对性。经过对各类诗词比赛题库的分析，我们总结出诗词比赛考查规律如下：

从各类比赛的考查范围来看，从《诗经》《楚辞》开始到汉乐府，再到魏晋南北朝诗，然后是唐宋诗（这里说的唐诗也包括隋朝诗人写的诗），辽金西夏元诗基本不会考查，如果考查，基本也是考查金诗，金诗里面重点关注元好问，明清诗考查不多，其中清诗考查的频率要比明诗高。最近几届诗词竞赛在考查范围上，逐渐涉及近代诗歌与毛主席诗词作品。

按照考察的频率来大致排序的话，就是：唐诗—宋诗—汉乐府至魏晋南北朝诗—《诗经》《楚辞》—清诗—明诗—金诗。

词的考查范围从五代开始一直到清，至于五代以前中晚唐的一些词以及敦煌词不太可能考到，辽、金、西夏三个朝代考查的可能性很低，这里面只需关注金朝即可，元朝主要关注散曲的考查，元曲考查的基本都是一些比较有名的，大家都耳熟能详的作品，比较生僻的作品不太可能考查。

词按照考查频率来大致排序的话是：宋词—五代词—元曲—清词—明词—金词（主要为元好问）。



另外从诗词竞赛出题的趋向来看，节目组在划定试题范围时会参考中小学课本中的古诗词，所选取的一般是具有传播度、有一定群众基础和契合社会主流价值观的诗词。节目组在建立诗词题库时，也会考虑到受众已有的知识水平、知识结构和接收需求，进而选择观众耳熟能详和传播力十足的部分诗词。这就使得节目呈现的内容不仅有一定的文化价值，而且具有教育意义。

**注意事项：**

**（一）入场**

选手入场时的着装应尽量素雅庄重，不要带有太多娱乐化的成分在里面，如果穿着一身嘻哈或者街舞的装束，给人感觉就不太好。可施淡妆，尽量不要浓妆艳抹。总之，着装要以素雅为主，不重个性。

有的举办方会让选手朗诵自己最喜欢的一句诗词入场，那么所选的诗词切忌庸俗，也不要太过生僻。如果你选的一句诗词里面大部分的字都不常见，一般人需借助字典才能读懂，就可能会让人觉得你有意卖弄或者比较迂腐。最好选古代、近代的诗词，尽量不要选当代的诗词。选取的诗词可与自己的经历相联系，若将书面的诗词注入自己对生活的理解和感悟更佳。

在朗诵诗词时也要注意，除去错读、漏读这种基本问题外，要尽量带着诗词中的感情去朗诵，声音要有情感的波动，语速切忌过快，当然也不要太慢，以一个比较正常的语速去朗诵，最低要求也是一个最起码的标准是要让别人听清楚，要给观众较佳的视听感受。

上场的时候步子不宜迈得太大，也不要过快或者过慢，跟平时走路一样即可，女孩子如果平时走路慢，可以视情况稍微快一点。一般来说，演播室采用多机位拍摄，由导播进行信号切换，导演会对选手上场的次序、路线、步速提出相应要求，整体要呈现自然大方的效果。走路可观人，上场前的紧张会通过走路的姿态看出。以常态上场既可以缓解内心压力，也可适应节目的节奏，以免打乱现场流程。若有条件，可在彩排时多留意，心中对步伐、步速有所留意。走路时昂首挺胸，眼睛注视前方，同时用余光观察脚下，避免踩空和绊倒。

最重要的一点是你朗诵诗词的时候，要面向指定摄像机位，想象着面对电视机前的观众。另外你在朗诵的时候也可以有相应的肢体语言，简单几个即可，不要表现得过多，过多过杂的肢体语言会让人觉得你表演欲很强或者不稳重，浮于表面，如果觉得不好把控，也可以少带肢体语言。合理的肢体语言和眼神交流是与观众互动的最佳方式，恰当使用会产生良好的效果。

个人入场过程最好维持在四十秒左右，过长或过短都会影响节目流程，打乱节目节奏。

(二) 自我介绍

入场之后一般紧接着就是进行自我介绍。自我介绍是让之前对你不熟悉或者完全不认识你的人，在短时间内对你产生基本印象的过程，这个过程不仅仅体现在你的言语上，还体现在你的动作行为上。因此作自我介绍的时候要遵循以下几点原则：

1. 尽量简洁，不能太烦琐；
2. 重点突出，不要面面俱到；
3. 谦逊有礼；
4. 大方自然。

自我介绍中需要包含的基本要素：

1. 我是谁；
2. 来自哪里，做什么工作；
3. 特长爱好、性格特点(最好与诗词相联系)；
4. 梦想或者对未来的期望；
5. 为什么来参加比赛；
6. 结语。

第三、四两点非常重要，其实这时候才开始正式介绍你自己，如果你想让主持人、评委嘉宾和观众注意到你，对你有印象，那么这两点就是你必须抓住和琢磨的重中之重。关键之处就是在介绍这两点的时候要省略掉你和别人千篇一律的地方，突出你和别人不一样的地方。和大多数人一样的东西重复多遍，别人也不会注意，因为你有的别人也有，只有你身上有，但在别人身上看不到或者很少看到的，才会让人印象深刻。自我介绍可提前进行书面准备，然后烂熟于心。在准备自我介绍时，可提前看一下其他选手是如何介绍自己的，从而避开和别人重复的地方，加入自己的创新点。

谈梦想或者对未来的期望千万不要说得大而空泛，也不要觉得只有宏大高尚的追求才能被称为梦想，琐碎细微的就不是。梦想或者对未来的期望最好由一件细小而具体的事延伸展开，千万不能直接说"希望世界和平""天下大同"这类大而无用的空话，这样一点不会让人觉得你志向远大、品性高洁，只会让人觉得你不真诚，有点好高骛远。

即使你的理想和期望很远大，也应从小事去阐发，可以参考这样一种模式：在……时候"我"或者其他人遇见了一件……，然后觉得……，从此以后"我"……（自己从这件事里面得到的感悟），所以"我"要……（梦想和期望）。这样就很自然地引申出来了，不会让人有一种很突兀或者空中楼阁的感觉。

如果没有什么远大的理想，也没什么波澜壮阔的人生经历，那么就说说生活的琐事，以及你从中感受到的幸福。你个人经历的人和事以及由此生发的感想和体悟，是你与众不同的关键，也是观众、评委区分你和别人的关键，因此一定要结合自身经历去谈。

态度要真诚，千万不能无中生有。毕竟情感不是凭空想象出来的，普通人也不可能有影视明星的素养，一旦造假就很容易被人看出来，也很容易形成紧张不安的情绪，影响后面的比赛。

理想和期望不论高下，从中都能体现你对生活的态度和热情。只要你认真生活，那么你的叙述就能很自然地达到以情动人的效果，进而赢得评委嘉宾和观众的欣赏。

结语一般以感谢语作结。比如：“感谢这次比赛（或者……平台）让我有了……的机会，谢谢大家！”这是一种最基本的形式，选手可以自由发挥，以一两句话作总结即可。

（三）比赛感想

比赛结束如果要说自我感想，可以分为两种情况，一种是未成功晋级的选手；第二种就是成功晋级的选手。

第一种情况的选手在说自己的感想时，首先应该感谢，如比赛或者舞台让你有了更好地展示自己的机会（结交了新的朋友或遇到了一群志同道合的人），等等。然后，可以夸一夸对手，比如实力确实很强，很厉害，让我很佩服，等等。再谈谈自己的心得体会，例如认识到自己什么方面不足，应该在什么方面有所改进。最后，可以表达一下自己的遗憾落败之情或者下次再来挑战的决心。

第二种情况的选手在说自己的感想时，首先要肯定对手，不能因为对手输给了你，就觉得对方水平不如你，切忌傲慢！时刻保持谦逊。接着可以说一下从比赛中得到的收获，比如自身的不足、可以加强或者改进的方面，认识的朋友……最后可以强调自己会继续努力，谈谈自己的期望和决心。

（四）下场

下场的时候一定要看清主持人的示意，由相应的位置有序离场，走路的速度不能太快，也不要太慢，跟平时速度一样即可，记得一定要跟观众、评委和主持人挥手告别，不能头也不回地直接走掉！

# 第二章　题型分析

电视诗词竞赛兼具文化性和娱乐性，它以诗词文化为内核，采取通关攻擂的形式，竞争和淘汰是贯穿节目的主线。节目环节和流程是固定的，不断变换的是对手和题型，只有不断地攻擂、守擂和击败对手，才有可能为自己赢得晋级的机会。

虽然九档电视诗词竞赛（《中华好诗词》《唐诗风云会》《诗歌之王》《中国诗词大会》《诗书中华》《向上吧！诗词》《诗意中国》《我爱古诗词》《奇妙的诗词》）采取的赛制和竞赛形式各有不同，但是它们采用的思路是相似的，都是以竞争和淘汰的方式选出冠军，以通关攻擂的过程吸引观众，进而向社会范围内传播诗词文化。

赛制和竞赛形式的设置是类似于产品说明书般的存在，选手要明白知晓，才不会在流程上出错。一般节目组都会提前让选手知晓节目环节，以免影响节目录制。所以，参赛者只要在参赛前稍加留意，这个环节出错的可能性便不是很大。

我们将常见电视诗词竞赛的赛制和竞赛形式整理出来（见附录一），供大家参考。

从九档诗词比赛的题型上进行分析，我们发现目前诗词比赛题库里面的主要题型有以下几种。题型和例题皆由常见电视诗词竞赛真题整理而成。

# 第一节　点字成诗题

## 一、例题

(一) 九宫格和十二宫格。由九宫格或十二宫格中的字组合成诗。

例 1

| | | |
|---|---|---|
| 众 | 山 | 尽 |
| 绝 | 鸟 | 眦 |
| 高 | 飞 | 千 |

**答案**:千山鸟飞绝。

**解析**:“千山鸟飞绝,万径人踪灭”是柳宗元《江雪》中的诗句。

例 2

| | | |
|---|---|---|
| 夜 | 上 | 日 |
| 潮 | 残 | 江 |
| 生 | 月 | 海 |

**答案**:海日生残夜。

**解析**:“海日生残夜,江春入旧年”是王湾《次北固山下》中的诗句。



例 3

| | | | |
|---|---|---|---|
| 千 | 众 | 飞 | 常 |
| 花 | 百 | 里 | 入 |
| 寻 | 姓 | 度 | 家 |

**答案**：飞入寻常百姓家。

**解析**："旧时王谢堂前燕，飞入寻常百姓家"是刘禹锡《乌衣巷》中的诗句。

**例 4**

| | | | |
|---|---|---|---|
| 此 | 三 | 曲 | 上 |
| 白 | 行 | 青 | 应 |
| 天 | 有 | 只 | 鹭 |

**答案**：此曲只应天上有。

**解析**："此曲只应天上有，人间能得几回闻"是杜甫《赠花卿》中的诗句。

（二）一笔连诗题。以下面格子的横向或纵向为路径，一笔连成一句五言唐诗。

**例 1**

| | | | | |
|---|---|---|---|---|
| | | 方 | | |
| | 声 | 此 | 润 | |
| 有 | 胜 | 时 | 物 | 远 |
| | 声 | 无 | 细 | |
| | | 需 | | |

**答案**：润物细无声。

**解析**："随风潜入夜，润物细无声"是杜甫《春夜喜雨》中的诗句。

**例2**

| | | | | |
|---|---|---|---|---|
| | | 泪 | | |
| | 问 | 眼 | 蹊 | |
| 花 | 家 | 花 | 满 | 语 |
| | 娘 | 四 | 黄 | |
| | | 不 | | |

**答案**:黄四娘家花满蹊。

**解析**:“黄四娘家花满蹊,千朵万朵压枝低”是杜甫《江畔独步寻花》(其六)中的诗句。

## 二、题型分析

点字成诗就是诗句识别题,在节目中主要以两种形式出现,一是五言诗句识别,二是七言诗句识别。

第一种是五言识别。五言识别即以九宫格的形式排列出九个汉字,在这九个汉字中正确识别出一句五言古诗,并按顺序在电子屏幕上点击。

例如,在三行三列的九宫格中给出以下几个汉字:众、山、尽、决、鸟、眦、高、飞、千,选手要在规定的时间内答出一句诗,即“众鸟高飞尽”。

| | | |
|---|---|---|
| 众 | 山 | 尽 |
| 决 | 鸟 | 眦 |
| 高 | 飞 | 千 |

第二种是七言识别。七言识别即以十二宫格的形式排列出十二个汉字,在这十二个汉字中正确识别出一句七言古诗,并按顺序在电子屏幕上点击。例如,在三行四列的十二宫格中给出以下几

个汉字：千、众、飞、常、花、百、里、入、寻、姓、度、他，选手要正确识别出“众里寻他千百度”。

| | | | |
|---|---|---|---|
| 千 | 众 | 飞 | 常 |
| 花 | 百 | 里 | 入 |
| 寻 | 姓 | 度 | 他 |

给出此、三、曲、上、白、行、青、应、天、有、一、鹭，选手要在一定时间答出“一行白鹭上青天”一句。

| | | | |
|---|---|---|---|
| 此 | 三 | 曲 | 上 |
| 白 | 行 | 青 | 应 |
| 天 | 有 | 一 | 鹭 |

上述题型看似简单，但是很容易出错，一方面是答题时间有限，另一方面是存在干扰项。因而，选手必须对诗句非常熟悉，能迅速排除干扰项。前文三个例子的干扰项分别是：“千山鸟飞绝”仔细查找会发现没有“绝”字；“飞入寻常百姓家”没有“家”字；“此曲只应天上有”缺少“只”字。可以看出，此类型的题目迷惑性非常大，不仅需要选手有很强的记忆能力，同时对答题者的反应能力、辨别能力也有很高的要求。面对“归雁入胡天”“四海无闲田”这样简单的诗句，尚有选手未能准确识别，因而在比赛的第一道题就遗憾离场。

一笔连诗题是九宫格和十二宫格的变式，难度却较前者有所下降。所成诗句的关键字在这类题中位置相邻，若选手对诗句较熟，可以直接连线；若选手对诗句不熟，可先识别第一个关键字，然后根据前后左右位置关系进行推导，进而连字成诗。此类题型较九宫格和十二宫格题简单，也是考查选手对诗句的熟悉程度和临场反应能力，除却熟悉度，节目组在此类题型中为选手提供了一条隐含位置线索，选手可以借助部分关键字进行位置推导进而得出答案。总之，解答一笔连诗题的答题关键在于识别第一个关键字和根据关键字的前后左右位置关系进行推导。

## 三、答题技巧

这类题都有时间限制，选手需要在规定时间内答题，超时或者回答错误均不给分，节目组一般将时间限制在 15—20 秒之内。在这么短的时间内，要从数十个汉字中，找出正确的诗句，难度还是挺大的，尤其在场上选手难免会紧张，加上比赛中有读秒计时的干扰，容易影响选手的注意力，就加大了难度。因此，选手在作答此类题时，一定要先沉住气，先快速浏览一下题目给出的汉字，然后与自己脑海中储备的诗词进行匹配，碰到有多个字符合的，不要着急作答，一定要全部看完，看能不能凑成一句完整诗句，有些题目迷惑性较强，前面多个字都是符合某一诗句，但就是缺少诗句中的某一字，或者与原诗句某字不符，这时要果断放弃，从头再找其他诗句。这类题型中干扰项是比较少的，较难的可能会有两种相似类型的诗句，三种及三种以上相似诗句的题基本没有出现过，一般情况下，选手先快速浏览题中所给汉字，找到相似诗句就能快速解答了。作答此题最大的难点在于，题目中汉字顺序全部打乱，初看会感觉杂乱无章，没有头绪。因此，解答的关键便在于临场要沉着、冷静，诗词储备量要丰富，浏览速度和作答速度要快，不要在一个地方太过纠结。

因为诗句基本都是简单句，所以解答这类题目，首先要做的就是把主语找到，即先把名词找出来（也有省略主语的情况，但是这种情况比较少见），接着就找动词和形容词，到这一步如果你之前脑海里面有这首诗的话，这时候诗句基本就已经出来了。如果还不能确定那么再继续把副词找出来(主要是程度副词,副词基本上和形容词搭配,和动词搭配的情况比较少),如果看到数量词,首先就要想到是和名词放在一块,这样确定一句诗就不会有太大问题。此类题型是对选手的诗词储备量和临场反应能力的双重考查,在赛前准备时需要参赛者不断充实自身的诗词储备,只有对诗词烂熟于心,解答此类题型时才不至于出问题。

## 第二节　填诗题

### 一、例题

例 1

**提示**:

| | | | | | | |
|---|---|---|---|---|---|---|
| | 花 | | | | 千 | |

**答案**:桃花潭水深千尺。

**解析**:"桃花潭水深千尺,不及汪伦送我情"是李白《赠汪伦》中的诗句。

例 2

**提示**:

<table>
<tr><td colspan="7">欧阳修</td></tr>
<tr><td colspan="7">七言</td></tr>
<tr><td></td><td>红</td><td></td><td></td><td>秋</td><td></td><td></td></tr>
</table>

**答案**:乱红飞过秋千去。

**解析**:"泪眼问花花不语,乱红飞过秋千去"是欧阳修《蝶恋花·庭院深深深几许》中的词句。

例 3

提示：

答案：袁枚的“歌声振林樾”。

解析：“牧童骑黄牛，歌声振林樾”是袁枚《所见》中的诗句。

例 4

提示：

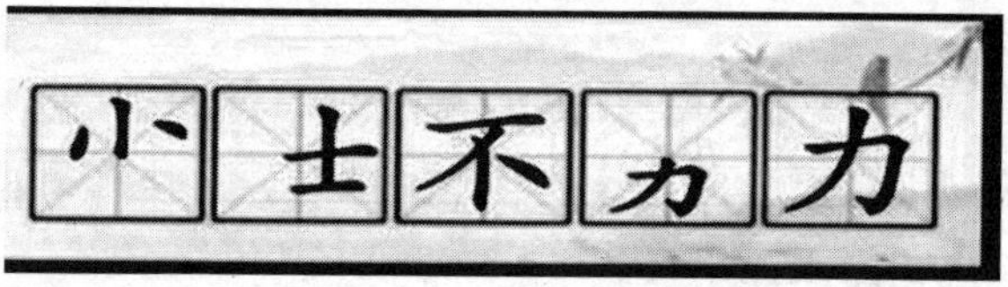


答案：少壮不努力。

解析：“少壮不努力，老大徒伤悲”是汉乐府《长歌行》中的诗句。

例 5

提示：

| | | | | |
|---|---|---|---|---|
| | 发 | | | |
| 缘 | | | | 长 |

答案：白发三千丈，缘愁似个长。

解析：“白发三千丈，缘愁似个长”是李白《秋浦歌十七首》（其十五）中的诗句。

例 6

**提示**：

| | | | | |
|---|---|---|---|---|
| | | 最 | | |

**答案**：此物最相思。

**解析**：“愿君多采撷，此物最相思”是王维《相思》中的诗句。

例 7

**提示**：

| | | | | | | |
|---|---|---|---|---|---|---|
| 劝 | 君 | 更 | | 一 | 杯 | 酒 |
| 西 | 出 | 阳 | 关 | 无 | 故 | 人 |

**答案**：尽。

**解析**：“劝君更尽一杯酒，西出阳关无故人”是王维《送元二使安西》中的诗句。

例 8

**提示**：

| | | | | | | |
|---|---|---|---|---|---|---|
| | 花 | 香 | 里 | 说 | 丰 | 年 |
| 听 | 取 | 蛙 | 声 | 一 | 片 | |

**答案**：稻。

**解析**：“稻花香里说丰年，听取蛙声一片”是辛弃疾《西江月·夜行黄沙道中》中的词句。

## 二、题型分析

所谓填诗题，简单来说，就是从一些完整诗句截取其中的一部分，让选手补充完整。比较常见的是拿掉原诗中的几个字，让选手来进行填空补充，这种形式相对来说比较简单也比较常见。主要考查选手的记忆能力和诗词积累量。

另一种考查形式难度就要大很多，即将诗句中的汉字截掉一部分，让选手去补充完整。这种考查形式，不仅仅是考查选手的诗词积累量，还考查选手对诗句字形的熟悉度，考查层次和难度又提高了不少。因此选手在日常练习时，不仅要熟记诗句，更要做到能准确无误地默写诗句。

当然比较常见的还是拿掉原诗中几个字要求选手来补充完整的题型，这类题型在各大诗词比赛中都有。

### 三、答题技巧

这类题型没有什么可以取巧的地方，如果选手脑海中没有储备比赛时考查的诗词，那么赛场上肯定是答不出来的。另外，如果选手对比赛考查的诗词不熟悉，或者只是能背而不能准确地默写，那么在赛场上作答时，肯定也很容易出错。因此针对这类题型的解答，就需要选手在平时多积累诗词，并且要勤动手，边背边默，最好是对每一首记诵的诗词，都要做到既能背诵，又能准确无误地默写，这样上了赛场才能十拿九稳。

## 第三节　图画题

### 一、例题

#### （一）根据图画猜诗句

（本节插图皆由马克远所绘。）

例 1

**答案**:清明时节雨纷纷,路上行人欲断魂。借问酒家何处有?牧童遥指杏花村。

**解析**:图中有一行人向牧童问路,牧童用手指向远方。可以根据这些图像信息推测出《清明》一诗。

例 2

**答案**:两岸青山相对出,孤帆一片日边来。

**解析**:唐代李白的《望天门山》:"天门中断楚江开,碧水东流至此回。两岸青山相对出，孤帆一片日边来。”图中有两岸相对的青山，远处的孤帆、太阳，都是线索。

例 3

**答案**：嫋嫋兮秋风，洞庭波兮木叶下。

**解析**：屈原的《九歌·湘夫人》：“嫋嫋兮秋风，洞庭波兮木叶下。”图中随风飘落的树叶、水波、衣带飘举的女子，是推测的关键要素。

例 4

**答案**:秦时明月汉时关,万里长征人未还。

**解析**:王昌龄的《出塞二首》(其一):“秦时明月汉时关,万里长征人未还。但使龙城飞将在,不教胡马度阴山。”图中守关的将士,天上的月亮,是指向诗句的线索。

例 5

**答案**:云中谁寄锦书来。

**解析**:李清照的《一剪梅》:“红藕香残玉簟秋。轻解罗裳,独上兰舟。云中谁寄锦书来,雁字回时,月满西楼。　　花自飘零水自流。一种相思,两处闲愁。此情无计可消除,才下眉头,却上心头。”图中有云、信封,可以推想诗句。如果再画上归雁、楼阁,则能提供更多的语境信息。

例 6

**提示**:请根据画作提示,说出一联五言南北朝诗。

**答案**:余霞散成绮,澄江静如练。

**解析**:谢朓的《晚登三山还望京邑》:"灞涘望长安,河阳视京县。白日丽飞甍,参差皆可见。余霞散成绮,澄江静如练。喧鸟覆春洲,杂英满芳甸。去矣方滞淫,怀哉罢欢宴。佳期怅何许,泪下如流霰。有情知望乡,谁能鬒不变。"作者在傍晚登上三山眺望东边的南京城,天上晚霞如锦,映照长江如白练。这样的图画容易联想到谢朓的名句。

**例 7**

**提示**:请根据以下图片线索说出一联七言宋诗。

**答案**:沾衣欲湿杏花雨,吹面不寒杨柳风。

**解析**:志南《绝句》:"古木阴中系短篷,杖藜扶我过桥东。沾衣欲湿杏花雨,吹面不寒杨柳风。"杏花、杨柳,再加上系着簑笠的人拄着拐杖过桥,都指向了志南和尚的绝句。

(二)考查图画内容

**例 1** 傅抱石先生的人物画,画旁边的题诗是"帝子降兮北渚,目眇眇兮愁予。袅袅兮秋风,洞庭波兮木叶下"。根据这首诗来判断画中人物是谁?

**答案**:湘夫人(屈原《九歌·湘夫人》)。

**解析**:《九歌·湘夫人》是屈原的作品。此诗写湘君来到约会地北渚,却迟迟不见湘夫人,相思、惆怅、迷茫的心情不免油然而生。诗中的“帝子”便是指湘夫人,舜妃为尧帝之女,故称帝子。画旁的题诗写了满怀期盼心情的湘君徘徊在洞庭湖旁,渴望着湘夫人的到来。此时,凉爽的秋风不断吹来,洞庭湖中水波泛起,岸上树叶不断飘落,徒为等待的人增添失望和困惑。

**例2** 清代画家徐涛的《杏花图》,图旁有一跋,“红杏枝头春意闹之句,世人怜之至今,予因写其照于纸,愿以未老之春光留斯墨汁,非特鲜艳,且亦傲彼冰雪也”。请问“红杏枝头春意闹”出自谁的哪首作品?

**答案**:宋祁《玉楼春》。

**解析**:宋祁的《玉楼春·春景》:“东城渐觉风光好。縠皱波纹迎客棹。绿杨烟外晓寒轻,红杏枝头春意闹。 浮生长恨欢娱少。肯爱千金轻一笑。为君持酒劝斜阳,且向花间留晚照。”此词颂赞春光,表达了及时行乐的情趣。词的上阕写春日景色,下阕抒发了词人对春光、时光的珍惜和留恋之情。“红杏枝头春意闹”一句,历来受到很高评价,因为它运用通感手法,化视觉为听觉,把红杏在枝头盛开的情景点染得十分生动。

## 二、题型分析

这种题型较为新颖,所谓图画题,顾名思义就是给出一幅图画,让你根据图画提供的信息来猜诗。这种题型相对来说比较简单,给出的图画和要回答的诗句之间,一般都有较为直接或者明显的联系。当然,这类题型也可反向考查,比如给出一幅画,画上有诗句,然后让你回答画中描写的人物,可能对有些读者来说这样考查难度就增加了一些,但如果在赛场上遇到这种题型变形,也千万不要慌,这类考查基本都具有较强的指向性,答案就隐藏在诗句里面。

### 三、答题技巧

解答这类题型时，最重要的一点是注意观察，先把图画中都有哪些元素弄清楚，不能有遗漏。再根据各元素在图画中的位置和所占比例关系，分析出它们之间的主次，心里要明白这幅图画在强调或者在表达什么。当然一般的图画诗，用不着分析到这一步。目前来说，各种诗词比赛里面出现的图画题，里面给出的图画都是画面元素较少、画面主体清晰的类型，较为简单，用不着选手进行太过复杂的分析，这里只列出解答这类题型的一般步骤，在真实赛场上往往只需用到一两步就可以答题了，需要各位读者根据具体情况进行具体分析，不能生搬硬套。最后，根据画面中各种元素之间的一种互动或者画面描绘出来的意境，在自己脑海中寻找与之相匹配的诗句。如果觉得有两句诗都很匹配题目中给出的图画，一定要再仔细看看图画，是不是遗漏了什么细节。这类图画题一般是一对一匹配类型的题目，针对性和指向性比较强，主要有关键意象和整体意境的匹配，不会有模棱两可的情况出现。

解答这类题型的关键就在于平时要多储备诗词，在阅读诗词时，要有形象思维能力，脑海中能想象出诗词中描绘出的画面，这样在上赛场时，就能迅速反应过来，并准确作答。充实诗词储备不仅仅是背诵古诗，更要理解古诗词，理解诗词的意境和情感，只有真正理解诗词，才会在它以另一种形式出现时，马上能辨认出来。

这一类型的题目相对来说较为简单，只要有足够多的诗词储备量，再对诗词的关键意象和意境有所把握，就不难作答。

# 第四节　诗词联句题

## 一、例题

### (一) 给出诗词上句要求说出下句

例 1

| | | | | | | | |
|---|---|---|---|---|---|---|---|
| 姑 | 苏 | 城 | 外 | 寒 | 山 | 寺 | ， |
| | | | | | | | 。 |

**答案**：夜半钟声到客船。

**解析**：“姑苏城外寒山寺，夜半钟声到客船”是张继《枫桥夜泊》中的诗句。

例 2

| | | | | | | | |
|---|---|---|---|---|---|---|---|
| 孤 | 山 | 寺 | 北 | 贾 | 亭 | 西 | ， |
| 水 | 面 | 初 | 平 | 云 | 脚 | 低 | 。 |
| | | | | | | | ， |
| | | | | | | | 。 |

**答案**：几处早莺争暖树，谁家新燕啄春泥。

**解析**：“几处早莺争暖树，谁家新燕啄春泥”是白居易《钱塘湖春行》中的诗句。

例 3

| | | | | | | | |
|---|---|---|---|---|---|---|---|
| 后 | 死 | 诸 | 君 | 多 | 努 | 力 | ， |
| | | | | | | | 。 |

**答案**:捷报飞来当纸钱。

**解析**:“后死诸君多努力,捷报飞来当纸钱”是陈毅《梅岭三章》中的诗句。

(二) 给出诗词下句要求说出上句

**例 1**

| | | | | | | | |
|---|---|---|---|---|---|---|---|
| | | | | | | | ， |
| 雪 | 拥 | 蓝 | 关 | 马 | 不 | 前 | 。 |

**答案**:云横秦岭家何在。

**解析**:“云横秦岭家何在?雪拥蓝关马不前”是韩愈《左迁至蓝关示侄孙湘》中的诗句。

**例 2**

| | | | | | | | |
|---|---|---|---|---|---|---|---|
| | | | | ， | | | |
| | | | | | 。 | | |
| 不 | 到 | 长 | 城 | 非 | 好 | 汉 | ， |
| 屈 | 指 | 行 | 程 | 两 | 万 | 。 | |

**答案**:天高云淡,望断南飞雁。

**解析**:“天高云淡,望断南飞雁。不到长城非好汉,屈指行程二万。六盘山上高峰,红旗漫卷西风。今日长缨在手,何时缚住苍龙”是毛泽东的《清平乐·六盘山》词。



**例 3**

| | | | | | | | |
|---|---|---|---|---|---|---|---|
| | | | | | | | ， |
| 为 | 谁 | 辛 | 苦 | 为 | 谁 | 甜 | 。 |

**答案**:采得百花成蜜后。

**解析**:“不论平地与山尖,无限风光尽被占。采得百花成蜜后,为谁辛苦为谁甜”是罗隐的《蜂》诗。

(三) 给出诗名或词名,回答出指定的某句。

**例1** 李白的《梦游天姥吟留别》的最后一句是什么?

**答案**:使我不得开心颜。

## 二、题型分析

诗词联句也可称之为诗词对句,有三种主要的考查形式,一是给出诗词上句要求说出下句;二是给出诗词下句要求说出上句;三是给出诗名或词名,要求回答出指定的某句。

需要注意的是,在给出上句说下句的题目形式中,有的题目题干只给出一句,有的题干则给出其中一联。如果题干中只有一句,那么回答时只答出对应的一句即可,如果是一联,则应答出对应的一联。例如,给出下句说上句中,有的题目只用回答一句,有的题目需要回答出两句。此类型题目中的诗句多为经典名句,主要考查答题者的记忆能力,对诗句是否熟悉,做到张口就来。这类题型是诗词比赛中最为基础的一种题型,考查难度也不大,因此参赛者在这类题型上尽量减少失分,否则会影响自己接下来的比赛心情,而且在这类题型上失分,无疑会拉大与对手之间的差距。

## 三、答题技巧

在对近年来各类大小诗词赛事的研究中,我们发现这类题型中最常出现的问题是选手难以接上句,也就是答题者在回答接诗词上句的题目中失误较多。因为我们在平时习惯了说上句接下句,以至于很多选手在赛场上很难转变自己的思维方式,在央视举办的《中国诗词大会》比赛中就有选手因为答不上“相逢何必曾相识”的上句而遗憾离场。选手在比赛时一般会出现这样的情况:总感觉很熟悉,但在答题过程中因为紧张,一时难以说出正确答案。这种情况要引起参赛选手足够的重视,首先就要端正心态,以平和的心态去面对比赛才能发挥出自己的真实水平;其次在平时更要把基础诗词掌握牢固,并且需要针对这种题型有意识地做一些训练。

## 第五节　辨字题

### 一、例题

**例1** “对酒当歌,人生几何?譬如朝露,去日良多。”哪个字是错误的?

A. 对×——把　B. 譬×——比　C. 良×——苦

**答案**:C

**解析**:本题相对简单,诗句为曹操《短歌行》中的内容。“良多”为命题人设置的陷阱,其作为一个词组,表示很多。原文“苦多”则表达了诗人所写来日无多的苦恼,又有求贤若渴、求贤不得的苦闷。

**例2** “碧玉装成一树高,万条垂下绿丝绦。”哪个字是错误的?

A. 装×——妆　B. 垂×——吹　C. 绦×——条

**答案**:A

**解析**:本题属于同音字不同意义字的混淆,诗句为贺知章《咏柳》中的内容。“装”字与原文“妆”字相比少了一份拟人的意味,也就少了一份柳树的盎然生机。

**例 3** “无为在歧路，儿女共沾襟。”中的那个字是错的？

A. 为×——违　B. 歧×——其　C. 襟×——巾

**答案**：C

**解析**：诗句为王勃《送杜少府之任蜀州》中的内容。此诗句的意思是，不要在歧路上因离别而悲伤，像少年男女那样悲伤得泪湿手巾。“沾巾”指泪沾手巾，形容落泪之多。

**例 4** 下列苏轼名句，哪一项是正确的？

A. 万事到头都是梦，休休，昨日黄花蝶也愁。

B. 万事到头都是梦，休休，今日黄花蝶也愁。

C. 万事到头都是梦，休休，明日黄花蝶也愁。

**答案**：C

**解析**：此句为苏轼《南乡子·重九涵辉楼呈徐君猷》中的内容，该词为：

霜降水痕收，浅碧鳞鳞露远洲。酒力渐消风力软，飕飕。破帽多情却恋头。

佳节若为酬，但把清樽断送秋。万事到头都是梦，休休。明日黄花蝶也愁。

其中的“明日黄花蝶也愁”一句，反用郑谷咏《十日菊》中的“节去蜂愁蝶不知，晓庭还绕折残枝”句意，意思是明日之菊，因色香大减，连蝴蝶也为之伤悲，进而说明时光易逝，也反映出苏轼豁达的人生态度。

**例 5** “坐看黑云掀猛雨，喷洒前山此独晴”找出错别字并改正。

**答案**：“掀”改为“衔”。

**解析**：诗句为崔道融《溪上遇雨二首》中的内容，诗为：

回塘雨脚如缫丝，野禽不起沉鱼飞。
耕蓑钓笠取未暇，秋田有望从淋漓。

坐看黑云衔猛雨，喷洒前山此独晴。
忽惊云雨在头上，却是山前晚照明。

该诗是诗人行走于山间溪边突遇暴雨有感而作。“衔”字将黑云拟人化，形象生动，不仅写出了雨的力度和雨的猛烈倾注感，而且较“掀”更有趣味。

## 二、题型分析

最为常见的考查方式是给出一句诗，里面有一个字或者几个字有错误，要求选手辨别出来，这种题型基本会给出几个选项让选手进行选择，选手只需在给出的选项中选出正确一项即可。这里的错误，一般分为两种，一种是搭配字的错误，另一种是同音字。当然这类辨错题有时候也会结合诗词常识来进行考查，常见的考查类型是，给出一句诗或词，选项里面可能会考查到作者生平、写作背景、诗或词中运用的典故、刻画的意象所代表的含义、表达的作者情感等，让你在选项中进行选择，这类我们放到后面诗词常识类型题中进行详细讲解。

这类题目在辨析字形方面类似汉字大赛，不同的是将字形的辨析放入了诗词之中。另外，选项中除一项正确选项之外，其余选项都是似是而非的干扰项，会对选手的判断造成极大影响，这也在无形之中加大了题目的难度。

## 三、答题技巧

在解答这类题型时，需要选手在赛场上保持沉着、冷静。一般来说，选项中的干扰项与正确选项之间有着较大差别，只要选手保持沉着冷静，其实是不难排除错误选项的，如果遇到实在拿不准主意的，就把选项代入题干给出的诗词原句中去，从原句的意境和诗句意思两方面来进行判断。如果还无法确定，那就根据自己的第一印象来选择，选手之所以纠结答案，一般情况下是因为读过题干中的诗词但记忆模糊，如果完全没有读过，那就不会纠结了。这个时候第一印象往往是正确答案，思前想后，不断纠结反而容易选错。

针对这类题型，选手在日常背诵诗词时要注意字形，不仅要准确背诵还要准确默写。这其中，尤其要注意同音字的区分。

## 第六节　判断题

### 一、例题

#### (一) 逆向思维题

**例 1** 下列诗句中哪一项是正确的?

A. 休说鲈鱼堪脍，尽西风，季鹰归未?

B. 休说鲤鱼堪脍，尽西风，季鹰归未?

C. 休说鲈鱼滋味，尽西风，季鹰归未?

**答案**:A

**解析**:本题相对简单，仅仅为诗句原文考查，未涉及知识背景。若没有这首诗的储备，可利用排除法解答。A 和 C 都有鲈鱼，排除 B;A 和 B 都有堪脍，排除 C。此为南宋文学家辛弃疾的《水龙吟·登建康赏心亭》。“鲈鱼堪脍”三句，用西晋张翰典，见《晋书·张翰传》。另外，《世说新语·识鉴篇》载:“张季鹰辟齐王东曹掾，在洛，见秋风起，因思吴中菰菜羹、鲈鱼脍，曰:‘人生贵得适意尔，何能羁宦数千里以要名爵?’遂命驾便归。俄而齐王败，时人皆谓为见机。”后来的文人将思念家乡称为莼鲈之思。季鹰就是张翰，张翰字季鹰。

**例 2** 下列哪项是错误的？

A. 月出惊山鸟，时鸣春涧中。

B. 征蓬出汉塞，归雁入胡天。

C. 挥手自兹去，萧萧斑马鸣。

**答案**：C

**解析**：本题是考查诗句中易错字的书写，题型较为简单基础。C选项中的错别字“斑”与正确字“班”为同音字，字形也极为相近，所以容易混淆。但“班马”意为离群之马，喻人之分别。另附《鸟鸣涧》《使至塞上》《送友人》三首诗，供参考：

**鸟鸣涧**

王 维

人闲桂花落，夜静春山空。
月出惊山鸟，时鸣春涧中。

**使至塞上**

王 维

单车欲问边，属国过居延。
征蓬出汉塞，归雁入胡天。
大漠孤烟直，长河落日圆。
萧关逢候骑，都护在燕然。

**送友人**

李 白

青山横北郭，白水绕东城。

此地一为别，孤蓬万里征。

浮云游子意，落日故人情。

挥手自兹去，萧萧班马鸣。

**例 3** 以下名句哪项不是写江南美景的？

A. 日出江花红胜火，春来江水绿如蓝。

B. 忽如一夜春风来，千树万树梨花开。

C. 有三秋桂子，十里荷花。

**答案**：B。

**解析**：“日出江花红胜火，春来江水绿如蓝”是《忆江南》中的词句，《忆江南》一诗总写白居易对江南的回忆。此句意为春天到来，阳光洒满江岸，把江边的花照得比火红，碧绿的江水绿得胜过蓝草。“忽如一夜春风来，千树万树梨花开”是《白雪歌送武判官归京》中的诗句，此诗描写的是西域八月飞雪的壮丽景色，抒发送别之情。“有三秋桂子，十里荷花”是柳永《望海潮·东南形胜》中的词句，此词的上片描写杭州的自然风光和都市繁华，下片写西湖与杭州人民的生活景象。选项 C 的诗句意为秋天桂花飘香，夏季十里荷花，描写的是西湖美景。故此题选 B。

**例 4** 下列名句哪项不是“站在对方立场上思考”的？

A. 遥怜小儿女，未解忆长安。

B. 遥知兄弟登高处，遍插茱萸少一人。

C. 思君若汶水，浩荡寄南征。

**答案**：C。

**解析**：“遥怜小儿女，未解忆长安”是杜甫《月夜》中的诗句，《月夜》是诗人被禁于长安时望月思家而作。此诗句表面写儿女随母望月却不解母亲对亲人的思念之情，实际是写诗人自己对妻儿的思念之情，是站在对方的立场上思考的。“遥知兄弟登高处，遍插茱萸少一人”是王维《九月九日忆山东兄弟》中的诗句，此诗写了游子的思乡之情，此诗句写远在家乡的兄弟按照重阳节的风俗佩戴茱萸登高，却发现少了一位兄弟，不免心生思念。此诗句也是站在对方的立场上思考的。“思君若汶水，浩荡寄南征”是李白《沙丘城下寄杜甫》中的诗句，此句意为“我的思君之情犹如浩荡的汶水，浩浩荡荡地随你南行”，也是以直抒胸臆的方式，表达对友人的怀念。此句是站在自己的立场上思考的。故此题选 C。

**例 5** 下列名句中哪项不是写元宵节的？

A. 东风夜放花千树，更吹落，星如雨。

B. 春宵一刻值千金，花有清香月有阴。

C. 月上柳梢头，人约黄昏后。

**答案**：B。

**解析**：“东风夜放花千树，更吹落，星如雨”是辛弃疾《青玉案·元夕》中的词句。此词以元宵节的热闹场面来反衬一个孤高淡泊的女性形象，进而抒发自己不愿与世俗同流合污的孤高品格。选项 A 中的诗句也是写了元宵节的热闹场景。“春宵一刻值千金，花有清香月有阴”是苏轼《春宵》中的诗句，借春夜美景劝诫人们珍惜时光，“春宵”非元宵节而是良宵美景。故 B 不是写元宵节。“月上柳梢头，人约黄昏后”是欧阳修《生查子·元夕》中的词句，写了恋人在月光柳影下的缠绵景象，全词则写了去年元宵之夜情事和今年元宵之夜的相思之情。故此题选 B。

（二）判断题

**例 1** 苏东坡被贬岭南，照样享受生活，每日吃的是荔枝。是否正确？

**答案**：正确。

**解析**：解答此题只要了解苏东坡的人生轨迹即可明了。苏轼被贬岭南，即惠州时，有诗《惠州一绝》："罗浮山下四时春，卢橘杨梅次第新。日啖荔枝三百颗，不辞长作岭南人。"岭南两广一带在宋时为蛮荒之地，罪臣多被流放至此。迁客逐臣到这里，往往颇多哀怨嗟叹之辞，而东坡则不然，在这首七绝中表现出他素有的乐观旷达、随遇而安的精神风貌，同时还表达了他对岭南风物的热爱之情。

**例 2** 柳永名句"衣带渐宽终不悔"表达的是他忧国忧民的思想感情。请判断正误。

**答案**：错误。

**解析**："衣带渐宽终不悔"是柳永词作《蝶恋花·伫倚危楼风细细》中的词句。全词主要写了漂泊异乡的落魄与对意中人的缠绵情思。主人公难消离愁与相思，甘愿为思念伊人而日渐消瘦憔悴。这其中蕴含的是相思之情，而不是忧国忧民的思想情感。

**例 3** "多谢后世人，戒之慎勿忘。"中的"谢"是"告诉"的意思，对吗？

**答案**：正确。

**解析**："多谢后世人，戒之慎勿忘"是《孔雀东南飞》中的诗句。可译为"多多劝告后世的人，把这件事作为教训，千万不要忘记啊"，其中"谢"是"告诉、劝告、告诫"的意思。

**例 4** "桃之夭夭，灼灼其华。之子于归，宜其室家"中的"归"是"回娘家"的意思，对吗？

**答案**：错误。

**解析**："桃之夭夭，灼灼其华。之子于归，宜其室家"是《诗经·周南·桃夭》中的诗句，可译为"翠绿繁茂的桃树啊，花儿开得红灿灿。这个姑娘嫁过门啊，定使家庭和顺又美满"。其中，古时称女子出嫁为“于归”，或单称“归”。所以，题目中说“归”是“回娘家”的意思是错误的。

**例5** “开箱验取石榴裙”是武则天写的吗？

**答案**：正确。

**解析**：“开箱验取石榴裙”是武则天《如意娘》中的诗句。《如意娘》是武则天在感业寺出家时写给唐高宗的情诗，诗中极尽相思愁苦之感。附全诗如下：

**如意娘**

看朱成碧思纷纷，憔悴支离为忆君。

不信比来长下泪，开箱验取石榴裙。

**例6** “布衣宰相”指的是范仲淹吗？

**答案**：错误。

**解析**：“布衣宰相”是指范仲淹的儿子范纯仁。范纯仁，字尧夫，范仲淹次子，北宋时期的政治家、宰相，人称“布衣宰相”。脱脱、阿鲁图等主持修撰的《宋史》中曾评价他：“纯仁性夷易宽简，不以声色加人，谊之所在，则挺然不少屈。自为布衣至宰相，廉俭如一，所得奉赐，皆以广义庄；前后任子恩，多先疏族。”

## 二、题型分析

判断题，顾名思义就是给出选项，让选手来判断正误。具体来说，在考查形式上又有区别，主要可以分为两大类题型：

(1) 给出几个选项要求选手判断或选择出正确的一项；

(2) 给出一个选项要求选手辨别正误。

这类题型的考查方式比较灵活，可以结合诗词的字形、读音来考查；也可以结合上面说的诗词联句的形式来考查，比如给出一句或一联诗，让选手在选项中去选择或者判断正确的下一句（联）或上一句(联)是什么;也可以给出诗句,然后结合诗词创作背景、表达情感来进行考查;也可以结合中国古代文化常识来进行考查,比如给出一句诗或词,问诗(词)中描写的是什么节日?或者描写了哪种习俗?……总之这种题型考查形式灵活,考查方式多变,读者们需要多加注意,给予高度重视。

## 三、答题技巧

在赛场上遇到这类题时,如果能直接确定答案,那自然最好,如果不能,感觉有点模棱两可的话,我们最常用的答题方法就是排除法。排除法一般需要先从题干中找到这道题的题眼,首先要先明确这道题问的是什么,选项中的回答如果风马牛不相及,便可直接排除掉。若是问诗(词)中蕴含的情感倾向之类的主旨判断题,一定要从诗句(词)中找到可能蕴含作者思想情感的词语,有些诗句(词)可能写得比较含蓄,作者的情感并不直接表达出来而是借用一些文学意象进行表现,那么这就需要选手知道一些比较常见的文学意象所蕴含的含义了,比如丁香、芭蕉、梧桐、雨等代表哀怨和愁思,西风、流水、落花、黄叶一般代表对时光流逝的伤感,青鸟、鲤鱼、月亮代表对远方亲朋或情人的思念,冰心、蝉、玉壶、梅花等一般代表高洁的品行,等等。

当然若是考查中国古代文学常识,技巧所能起到的作用就很少了。选手如果有一定的知识储备,能大致判断出几个选项的错误,那是最好的,若对所给出选项完全不了解、无法判断正误,那就无需过多纠结,直接按照第一印象进行选择即可。要知道,能答对每道题的情况是少之又少的,比赛时肯定会遇到自己不会的题,这时最关键的不是想着怎么得分,而是要学会放弃,不要因为一两道不会的题而影响自己后面的比赛心态。再次强调,面对自己不会的题时,一定要记住不要花太多时间去纠结选项,直接把这道题放弃即可，在赛场上越纠结，就会越紧张，越紧张就会加大失误的可能性，甚至会将自己知道的题也做错，影响自己的自信心，进而对比赛造成不可挽回的后果。在比赛时，如果选手能把自己会的、在自身能力范围之内的每道题都答对，那比赛成绩一定不会太差，一定是符合自我预期的。

这类题型难度较大。针对这类题型，在平时的训练过程中一定要多注意诗词知识的积累，包括一首诗（词）中作者的主要经历、写作背景、表达情感等。这些都需要选手对诗词有更广泛、更深层的理解。



## 第七节　飞花令

### 一、例题

（一）成语飞花令

以《中国诗词大会》第四季冠军争夺赛中胡艳琴和陈更之间“成语飞花令”的对决为例，读者将更直观地了解这种比赛形式。

**【胡艳琴】**

郎骑竹马来，绕床弄青梅。【青梅竹马】

曲径通幽处，禅房花木深。【曲径通幽】

娉娉袅袅十三余，豆蔻梢头二月初。【娉娉袅袅】

春风得意马蹄疾，一日看尽长安花。【春风得意】

无可奈何花落去，似曾相识燕归来。【无可奈何】

江东弟子多才俊，卷土重来未可知。【卷土重来】

明眸皓齿今何在，血污游魂归不得。【明眸皓齿】

【陈更】

同居长干里，两小无嫌猜。【两小无猜】

万籁此俱寂，但余钟磬音。【万籁俱寂】

渭北春天树，江东日暮云。【春树暮云】

等闲识得东风面，万紫千红总是春。【万紫千红】

谁言寸草心，报得三春晖。【寸草春晖】

虎踞龙盘今胜昔，天翻地覆慨而慷。【虎踞龙盘】【天翻地覆】

折戟沉沙铁未销，自将磨洗认前朝。【折戟沉沙】

最终因胡艳琴的诗句“春风十里扬州路，卷上珠帘总不如”中包含的“春风十里”并不算成语，陈更随即获得决赛与孙晓婧对决的机会，并一举夺魁。

(二) 主题飞花令

以“悼亡”为主题，写一组飞花令：

十年生死两茫茫，不思量，自难忘。——苏轼《江城子》

辛苦最怜天上月，一夕如环，夕夕都成玦。

——纳兰性德《蝶恋花》

梧桐半死清霜后，头白鸳鸯失伴飞。——贺铸《鹧鸪天》

诚知此恨人人有，贫贱夫妻百事哀。——元稹《遣悲怀》

荏苒春冬谢，寒暑忽流易。——潘岳《悼亡诗》

伤心桥下春波绿，曾是惊鸿照影来。——陆游《沈园二首》

辛苦共尝偏早去，乱离知否得同归。——吴伟业《追悼》

主题词为“心”，答案有“伤心秦汉经行处”“心悦君兮君不知”等。

主题为“食物”，答案有“一年好景君须记，最是橙黄橘绿时”等。

（三）超级飞花令。

超级飞花令是飞花令的升级版，常采用主题与关键字或者关键字与关键字组合的方式进行出题。

**例1** 选手轮流说出含有“数字”和“月”的诗句。

**答案**：停车坐爱枫林晚，霜叶红于**二月**花。——杜牧《山行》

解落三秋叶，能开**二月**花。——李峤《风》

毕竟西湖**六月**中，风光不与四时同。

——杨万里《晓出净慈寺送林子方》

待到秋来**九月**八，我花开后百花杀。——黄巢《不第后赋菊》

……

**例2** 选手轮流说出含有“颜色”和“花”的诗句。

**答案**：何须浅碧深**红色**，自是**花**中第一流。

——李清照《鹧鸪天·桂花》

去年今日此门中，人面桃**花**相映**红**。——崔护《题都城南庄》

桃**花**一簇开无主，可爱深红爱浅**红**。

——杜甫《江畔独步寻花·其五》

山桃**红花**满上头，蜀江春水拍山流。

——刘禹锡《竹枝词·山桃红花满上头》

……

**例3** 选手轮流说出含有“江”“南”两字的诗句。

**答案**：**江南**无所有，聊赠一枝春。——陆凯《赠范晔诗》

是岁**江南**旱，衢州人食人。——白居易《轻肥》

……

**例4** 选手轮流说出含有“反义”的两个字的诗句。

**答案**：**是非**成败转头空，青山依旧在，几度夕阳红。

——杨慎《临江仙·滚滚长江东逝水》

古今**多少**事，都付笑谈中。

——杨慎《临江仙·滚滚长江东逝水》

夜来风雨声，花落知**多少**。 ——孟浩然《春晓》

离离原上草，一岁一**枯荣**。 ——白居易《赋得古原草送别》

**上**有青冥之长天，**下**有渌水之波澜。

——李白《长相思·其一》

无可奈何花落**去**，似曾相识燕归**来**。

——晏殊《浣溪沙·一曲新词酒一杯》

**大**弦嘈嘈如急雨，**小**弦切切如私语。 ——白居易《琵琶行》

**多少**恨，昨夜梦魂中。 ——李煜《望江南·多少恨》

欲把西湖比西子，**淡**妆**浓**抹总相宜。

——苏轼《饮湖上初晴后雨二首·其二》

……

(四) 同字飞花令。选手说出含有两个相同且相邻字的诗词。

**答案**：晴川历历汉阳树，芳草**萋萋**鹦鹉洲。 ——崔颢《黄鹤楼》

宜阳城下草**萋萋**，涧水东流复向西。 ——李华《春行即兴》

又送王孙去，**萋萋**满别情。 ——白居易《赋得古原草送别》

……

(五) 组合飞花令。随机出两个字进行组合，说出一句或两句诗词。

**例1** “人”“云”两字。

**答案**：浮**云**游子意，落日故**人**情。 ——李白《送友人》

**例2** “春”和“花”两字。

**答案**：**春花**秋月何时了，往事知多少。

——李煜《虞美人·春花秋月何时了》

**例 3** “春”和“动物”。

**答案**：春去花还在，人来鸟不惊。——王维《画》

（六）双字飞花令(《挑战不可能》节目)。双字飞花令分为“主令”和“副令”。

比赛中主令为任意选取的圆周率数字，副令为随机提供的 16 个汉字。

例如：“1”和“花”结合。

**答案**：借问梅花何处落，风吹一夜满关山。

——高适《塞上听吹笛》

## 二、题型分析

关于“飞花令”的由来和介绍，前文已有论述，这里不再赘述。飞花令这种比赛形式一般出现在决赛环节。在中央电视台举办的《中国诗词大会》中，节目组引进并改良了“飞花令”，为每场比赛设置一个关键字，不再只用“花”字，而是增加了“云”“春”“月”“夜”等诗词中出现的高频字，在场上选手完成答题后，由选手得分最高者和百人团答题成绩的第一名，来到舞台中间，轮流背诵含有关键字的诗句，直到有一方背不出，则另一方获胜。获胜者直战擂主。

河北卫视的《中华好诗词》节目在全国首先采用改良的“飞花令”，其形式与《中国诗词大会》采用的改良版“飞花令”基本相同，选手能在规定时间内说出含有规定字的诗句即可。

“飞花令”这种比赛形式是真正诗词高手之间的对抗，挑战者必须在极短时间内完整说出一联含有约定关键字的诗句。这不仅考查选手的诗词储备，更是选手之间临场反应和心理素质的较量，因而“飞花令”的竞赛感很强，电视观赏性很高。比起古人的规则，《中华好诗词》和《中国诗词大会》中现场的“飞花令”要求相对简单得多，对诗句要求没有古代那样严格，选手只要背诵含有约定关键字的诗词且不与双方说过的重复即可，而对关键字的位置则没有要求。

在《中国诗词大会》第四季的舞台上，节目组推出“超级飞花令”。选手所说诗句不再局限于只包含一个字，而是可以包含两个或多个字。同时推出的还有“成语飞花令”，即诗句中要包含成语。另外，有些比赛还会以主题、作者、时代等为限制。节目组借助选手之间相互限制的方式，既增大了比赛难度，也使比赛更添趣味性。同字飞花令、双字飞花令、组合飞花令也是飞花令的升级，但万变不离其宗，仍是按照关键字和条件限制的双重组合进行设计的飞花令。

## 三、答题技巧

诸如此类的飞花令形式，比赛组织者可能会继续进行创新、开发，让诗词比赛更具趣味性与娱乐性，当然为了营造节目紧张激烈的比赛氛围，节目组可能还会加大试题难度。飞花令的比拼，主要取决于参赛者平时自身的诗词积累，以及比赛时的良好心理素质，尽量使自己做到沉着冷静，在赛场上及时调动脑海中已有的知识储备。

“飞花令”这种形式更多的是考查选手的记忆能力和心理素质，在这个比赛环节中，谁的诗词储备量更多并且心理素质更好，谁就能胜出，但要特别注意，是前者影响后者而非后者影响前者，诗词储备量多的人在赛场上的心理素质会更好，会更沉着冷静，自然能成竹在胸、自信坦然。因此在这一模式下取胜的关键在于诗词量的积累，在于选手平时下的苦功夫。这一环节可谓全无技巧可言，知道便是知道，不知道便是不知道，没有任何花架子，是选手之间真刀真枪的比拼。

# 第八节　沙画题

## 一、例题

现场画沙画，现场选手抢答说出沙画中的意境是哪一首诗的写照。（本节沙画皆为贺敏敏所画。）

例 1

**答案**：《水调歌头》

**解析**：沙画画的正是诗句“明月几时有，把酒问青天”。

例 2

**答案**：《寻隐者不遇》

**解析**：沙画画的正是诗句“松下问童子，言师采药去”。

例 3

**答案**:《黄鹤楼》

**解析**:沙画画的正是诗句“昔人已乘黄鹤去,此地空余黄鹤楼”。

例 4

**答案**:《江雪》

**解析**:沙画画的正是诗句“孤舟蓑笠翁,独钓寒江雪”。

## 二、题型分析

将沙画和诗词结合,画手当场完成画作,将诗词意境呈现以便选手答题。此类题型的答题关键点便是对诗词中提及的关键意象的辨识和对诗词意境的整体把握,因为画手一般会画出答案诗句中的部分关键线索和整体意境。若选手对该诗句熟悉,便可直接作答,若对答案模棱两可,可根据线索提示进行推导,根据整体意境进行答案检验。总之,节目组在设计此类题型时,为选手提供了正向推理和反向推理两种思路，不是有意照顾选手，而是引导选手将脑海中已有的诗词进行二次理解，也是让选手重新发现意象和诗句的联系。所以，选手在平时学习诗词时应加以留意，以便对此类题型做出解答。

## 三、答题技巧

画手在作画时是基于整体作画，熟悉该句诗词的选手在捕捉到关键意象时便可率先抢答，在稍加领会诗词意境时也可进行作答。不熟悉该句诗词的选手可从某些关键线索进行推导，一定注意是多个线索的结合推导，最后根据整体意象来进行判断。无论是胸有成竹还是模棱两可，都要稳住自己的心态，因为此类题型类似于线索题，需要冷静地推导、联系、作答，若选手心态出现剧烈波动，恐会影响线索推导，最终影响正确率。此类题型的出现可让诗词爱好者意识到诗词意象和意境的重要性，在以后的诗词学习中，加以注意。



# 第九节　对应题

## 一、例题

（一）名、字、别号、自称等对应题。主持人给出诗人的别号、称号、原名，选手说出该诗人的名。



**例 1**　“草生元亮径，花暗子云居”中的“元亮”指的是谁？

**答案**：陶渊明。

**解析**：“草生元亮径，花暗子云居”是王绩《田家三首》中的诗句。陶渊明，字元亮，晚年更名潜，字渊明。别号五柳先生，私谥靖节，世称靖节先生。他是中国第一位田园诗人，被称为“古今隐逸诗人之宗”“田园诗派之鼻祖”。

**例 2** “诗圣”、作品被称为“诗史”的现实主义诗人是谁？

**答案**：杜甫。

**解析**：杜甫，字子美，自号少陵野老，唐代著名现实主义诗人。因杜甫诗风沉郁顿挫、忧国忧民，所以其诗被称为“诗史”。杜甫生活在唐朝由盛转衰的历史时期，其诗多涉及社会动荡、政治黑暗、人民疾苦，诗歌中也常体现出悲天悯人的思想，所以杜甫被后人尊为“诗圣”，他的诗作也被誉为“诗史”。

**例 3** “张三影”指的是哪位词人？

**答案**：张先。

**解析**：张先，字子野，北宋词人，婉约派代表人物。其词内容大多反映士大夫的诗酒生活和男女之情，对都市社会生活也有所反映。《古今诗话》中载：有客谓子野曰：“人皆谓公张三中，即心中事、眼中泪、意中人也。”子野曰：“何不目之为张三影？”客不晓。公曰：“‘云破月来花弄影’‘娇柔懒起，帘压卷花影’‘柳径无人，堕飞絮无影’，此余生平所得意也。”后来，人们就称呼他为“张三影”。

**例 4** “才子词人，自是白衣卿相”是哪位词人自诩？

**答案**：柳永。

**解析**：柳永自称“奉旨填词柳三变”，他以毕生精力作词，并以“白衣卿相”自诩。“白衣卿相”一词出自其诗作《鹤冲天·黄金榜上》中的“才子佳人，自是白衣卿相”一句。在词中，他认命“自是白衣卿相”，并决意“忍把浮名，换了浅斟低唱”。

**例 5** 被诗人卢延让称为“诗星”的是谁？

**答案**：孟浩然。

**解析**：卢延让《吊孟浩然》诗："高据襄阳播盛名，问人人道是诗星。"后用"诗星"指孟浩然。

（二）人、事、物等对应题：选出给定诗句中所涉及的人、事、物等，选出与其有关的诗句。

**举例**：

1. 选出给定诗句中所涉及的人。

**例1** 《朝天子·咏喇叭》讽刺的是什么人？

**答案**：宦官。

**解析**：王磐的《朝天子·咏喇叭》：

喇叭，唢呐，曲儿小腔儿大。官船来往乱如麻，全仗你抬声价。军听了军愁，民听了民怕。那里去辨甚么真共假？眼见的吹翻了这家，吹伤了那家，只吹的水尽鹅飞罢！

这支曲子作于明朝中叶。明朝中叶是历史上宦官祸国殃民最严重的时期之一。曲中表面写喇叭和唢呐，实则写的是宦官。全曲借物抒怀，虽没有从正面提到宦官，却写出了他们的丑态，讽刺和揭露了明代宦官狐假虎威、残害百姓的可恶行径，也表达了人民对他们的痛恨之情。

**例2** "恸哭六军俱缟素，冲冠一怒为红颜"中的"红颜"是历史上哪一位人物？

**答案**：陈圆圆。

**解析**：《圆圆曲》是明末清初诗人吴伟业的一首七言歌行。此诗通过明末清初名妓陈圆圆与吴三桂的聚散离合，反映了明末清初一系列重大的历史事件，委婉曲折地谴责了吴三桂的叛变行为。全诗巧妙地将吴三桂、陈圆圆同吴王夫差、西施联系起来，同时又运用不少史书典故入诗，从而使诗篇笼罩了一种深沉的历史感。

**例 3** 毛泽东《沁园春·雪》中的"唐宗宋祖"指的是谁?

**答案**:李世民和赵匡胤。

**解析**:《沁园春·雪》是毛泽东创作的一首词。上片展现祖国大好河山,下片借历代英雄人物,抒发作者伟大的抱负及胸怀。其中,"唐宗"是指唐太宗李世民,他是唐朝建立统一大业的皇帝。"宋祖"则是指宋太祖赵匡胤,是宋朝的开国皇帝。

**例 4** "炙手可热势绝伦,慎莫近前丞相嗔"是形容哪位妃子得宠后的情景?

**答案**:杨贵妃。

**解析**:杜甫的《丽人行》:

三月三日天气新,长安水边多丽人。
态浓意远淑且真,肌理细腻骨肉匀。
绣罗衣裳照暮春,蹙金孔雀银麒麟。
头上何所有?翠微盍叶垂鬓唇。
背后何所见?珠压腰衱稳称身。
就中云幕椒房亲,赐名大国虢与秦。
紫驼之峰出翠釜,水精之盘行素鳞。
犀箸厌饫久未下,鸾刀缕切空纷纶。
黄门飞鞚不动尘,御厨络绎送八珍。
箫鼓哀吟感鬼神,宾从杂遝实要津。
后来鞍马何逡巡,当轩下马入锦茵。
杨花雪落覆白苹,青鸟飞去衔红巾。
炙手可热势绝伦,慎莫近前丞相嗔!

此诗通过描写杨氏兄妹曲江春游的情景,揭露了统治者荒淫腐朽、作威作福的丑态,从一个角度反映了安史之乱前夕的社会现实。诗分三段:先泛写游春仕女的体态之美和服饰之盛,引出杨氏姐妹的娇艳姿色;次写宴饮的豪华及所得的宠幸;末写杨国忠的骄横。全诗场面宏大,鲜艳富丽,笔调细腻生动,讽刺含蓄不露,通篇只是写“丽人”们的生活情形,却达到了处处讥讽和处处慨叹的效果。

**例5** “想当年,金戈铁马,气吞万里如虎”赞扬的是哪位历史人物?

**答案**:刘裕。

**解析**:《永遇乐·京口北固亭怀古》是南宋词人辛弃疾创作的一首词。上片赞扬了在京口建立霸业的孙权和率军北伐气吞胡虏的刘裕,表示要像他们一样金戈铁马为国立功。下片借讽刺刘义隆来表明自己坚决主张抗金但反对冒进误国的立场和态度。

2. 考查诗句中涉及的事。

**例1** “江东子弟多才俊,卷土重来未可知”跟哪首诗抒写了同一历史事件?

**答案**:李清照的《夏日绝句》。

**解析**:“江东子弟多才俊,卷土重来未可知”是杜牧《题乌江亭》中的诗句。诗人对项羽自刎一事感到惋惜,批评项羽胸襟不够宽广,缺乏大将风度。李清照在《夏日绝句》中写道:“至今思项羽,不肯过江东。”项羽放弃暂避江东重整旗鼓,选择了自杀,这在李清照看来是悲壮之举,有着异乎寻常的英雄气概。两首诗中都提到项羽自刎乌江的历史事件,但是两位诗人却对此事持有不同的态度。

3. 考查诗句中涉及的物。

**例1** 植物题:“咬定青山不放松,立根原在破岩中。千磨万击还坚劲,任尔东西南北风”描写的是哪种植物?

**答案**:竹子。

**解析**:“咬定青山不放松,立根原在破岩中。千磨万击还坚劲,任尔东西南北风”是《竹石》中的诗句，郑燮所作的《竹石》是一首咏竹诗。“咬定青山不放松”写出了翠竹紧紧附着青山，顽强生存。“立根原在破岩中”道出了竹挺立于青山之上的原因则是它深深扎根在破岩之中。“千磨万击还坚劲，任尔东西南北风”写竹子抗住了恶劣环境的考验，傲然挺立。诗人借竹的刚毅和坚劲，表达自己正直不屈、不随波逐流的思想情操。

**例 2** 动物题：李商隐诗句“心有灵犀一点通”中包含了哪种动物？

**答案**：犀牛。

**解析**：“身无彩凤双飞翼，心有灵犀一点通”是李商隐《无题》中的诗句。其中，“犀”是犀牛。古书记载，有一种犀牛角名通天犀，有白色如线贯通首尾，被视为灵异之物，故称灵犀。“心有灵犀一点通”的说法就是由此而来，指心中若有灵犀角中的那条白线似的纹理，我们的心灵便能默契相通，引起感情上的共鸣。

**例 3** 乐器题：“大珠小珠落玉盘”形容的是什么乐器？

**答案**：琵琶。

**解析**：“大珠小珠落玉盘”是白居易《琵琶行》中的诗句。因琵琶弦有粗有细，所以不同的弦弹奏出来的效果也是不同的，因此便会有大珠和小珠之分。“大珠小珠落玉盘”本意指珍珠落在宝玉盘子里，比喻声音十分动听，而在《琵琶行》里则是指琵琶弹奏出来的动人声乐。

**例 4** “此夜曲中闻折柳，何人不起故园情”中是哪种乐器声引起了李白思乡之情？

**答案**：笛子。

**解析**：“此夜曲中闻折柳，何人不起故园情”是李白《春夜洛城闻笛》中的诗句，这首诗是李白游洛阳时所作。夜深人静时，笛声随春风传遍洛阳城，客居于此的人听到此笛声不免会触发思乡之情。由此可见，是笛声引发李白思乡之情的。

**例 5** 景物题：高骈笔下的“六出飞花入户时，坐看青竹变琼枝”描写的是哪种景物？

**答案**：雪花。

**解析**：“六出飞花入户时，坐看青竹变琼枝”是高骈《对雪》中的诗句。诗人坐在窗前，看雪花飘进了窗户，看着青青的竹子变成了洁白的琼枝，若在此时登上高楼观赏，那么险恶的岔路一定已经被白雪覆盖，展现在眼前的一定是洁白的世界。诗人借景抒怀，通过对路上飘雪后的情景的描写，表达了期望白雪能够盖住人世间所有罪恶的心情。

**例 6** 物件题：诗句“能使妖魔胆尽催，身如束帛气如雷”描写的物件是？

**答案**：爆竹。

**解析**：在中国古代没有火药和纸张时，人们常会用火烧竹子，使之发出爆裂声，以驱逐瘟神，因竹子会发出“噼噼啪啪”的响声，所以被称为爆竹。所以诗句“能使妖魔胆尽催，身如束帛气如雷”中描写的物件则是爆竹。

**例 7** 食物题：“肥葱细点，香油慢焰，汤丝如饼”中的“汤饼”是今天哪种面食的前身？

A. 汤面　　B. 汤包　　C. 汤圆

**答案**：A

**解析**：“汤饼”是水煮的面食。宋《缃素杂记·汤饼》有载：“余谓凡以面为食具者，皆谓之饼，故火烧而食者呼为烧饼，水瀹而食者呼为汤饼，笼蒸而食者呼为蒸饼。”《释名·释饮食》中载：“蒸饼、汤饼、蝎饼、髓饼、金饼、索饼之属，皆随形而名之也。”由此可见，“汤饼”是今天汤面的前身。

4. 考查诗句中涉及的地名。

**例 1** “望西都，意踌躇，伤心秦汉经行处”中“西都”指的是哪个城市？

**答案**：西安。

**解析**：“望西都，意踌躇，伤心秦汉经行处”是张养浩《山坡羊·潼关怀古》中的诗句。此曲由历代王朝的兴衰引到人民百姓的苦难，点出封建统治者与人民的对立，表现了诗人对历史的思索和对人民的同情。“西都”是指长安（今陕西西安）。此处则泛指秦汉以来在长安附近所建的都城。秦、西汉建都长安，东汉建都洛阳，因此称洛阳为东都，长安为西都。

**例 2** 根据《琵琶行》中的介绍，诗中的女主人公是哪里人？

**答案**：长安。

**解析**：《琵琶行》中有诗句“自言本是京城女，家在虾蟆陵下住”提及女主人的户籍。“虾”通“蛤”。虾蟆陵在长安城东南，曲江附近，是当时有名的游乐地区。由关键诗句和关键信息可以看出，女主人公是长安人。

**例 3** “楼船夜雪瓜洲渡，铁马秋风大散关”中的“大散关”在今天的何处？

**答案**：陕西宝鸡。

**解析**：“楼船夜雪瓜洲渡，铁马秋风大散关”是陆游《书愤》中的诗句。诗句中提到的“大散关”在今陕西宝鸡西南，是当时宋金的西部边界。

5. 考查诗句中涉及的建筑。

**例 1** “颜回夜夜观星象，夫子朝朝雨打头。多少公卿从此出，何人肯把俸钱修?”这是宋代神童汪洙的作品，请问这首诗是描写的哪个地方庙宇破败、圣像污损?

**答案**:孔庙。

**解析**:初春时，汪洙赶着一群白鹅到野外放牧。大雨突至，汪洙便将鹅赶进孔庙避雨，却发现，孔庙内圣像破败，蛛网密布，鸟粪遍布。于是，一气之下，拿起殿角烧剩的木炭，在墙上写下这首诗。诗句中描写的正是孔庙圣像污损，庙宇破败的景象。

**例 2** “慈恩塔下题名处，十七人中最少年”中的“慈恩塔”指的是哪座塔?

**答案**:大雁塔。

**解析**:这是白居易考取进士后在慈恩寺题写的一句诗。在十七名进士中，白居易是最年轻的，心中难免会有喜悦和得意之情。唐代新科进士在曲江宴会后，都会去慈恩寺题名，会在方格纸上写上自己的姓名、籍贯，然后交给专职石匠，刻在大雁塔的石砖上。大雁塔位于大慈恩寺内，又名“慈恩寺塔”。

6. 考查诗句中涉及的名胜。

**例 1** “湖光秋月两相和，潭面无风镜未磨”这一句诗描写的是哪个名胜?

**答案**:洞庭湖。

**解析**:“湖光秋月两相和，潭面无风镜未磨”是刘禹锡《望洞庭》中的诗句。这首诗描写了洞庭湖的优美景色，也表达了诗人对洞庭风光的喜爱之情。

7. 考查诗句中涉及的时间(包括诗词的创作时间在内)。

**例 1** 李白的《峨眉山月歌》写于什么季节?

**答案**:秋季。

**解析**:此诗是李白初离蜀地时所作的诗,大约作于开元十二年(724 年)秋天。当时李白“仗剑去国,辞亲远游”,在离开蜀中赴长江中下游的舟行途中,写下此诗。

**例 2** “蒌蒿满地芦芽短,正是河豚欲上时”描写的是什么季节?

**答案**:春天。

**解析**:“蒌蒿满地芦芽短,正是河豚欲上时”是苏轼《惠崇春江晚景·其一》中的诗句。这首诗写的是早春时节的春江景色,苏轼捕捉季节转换时的景物特征,抒发了自己对早春的喜爱之情。所以,此诗描写的是春天的景物。

8. 考查诗句中涉及的数字。

**例 1** “飞来山上千寻塔,闻说鸡鸣见日升”中“寻”是古代的计量单位,一寻是几尺?

**答案**:八尺。

**解析**:寻是古代的长度单位,一寻等于八尺。

**例 2** 李商隐与段成式、温庭筠三人被称为“三十六体”,其中“十六”指的是什么意思?

**答案**:三人在家族里排行第十六。

**解析**:李商隐、段成式、温庭筠的诗歌由于风格相近,且都排行十六,故并称为三十六体。《新唐书》载:“商隐初为文,瑰迈奇古,及在令狐楚府,楚本工章奏,因授其学,商隐俪偶长短而繁缛过之。时温庭筠、段成式俱用是相夸,号‘三十六体’。”

例3 古代隔多远设一个“短亭”？

答案：五里。

解析：古代驿站在路上约隔十里设一长亭，五里设一短亭，供游人休息送别。

9. 考查诗句中涉及的典故。

例1 “归来却怪丹青手，入眼平生未曾有。意态由来画不成，当时枉杀毛延寿”是指毛延寿为谁画像惹来杀身之祸？

答案：王昭君。

解析：“归来却怪丹青手，入眼平生未曾有。意态由来画不成，当时枉杀毛延寿”是王安石《明妃曲二首》（其一）中的诗句。诗人认为毛延寿并不是为了钱财故意把王昭君画得丑，因为人的神态向来难画，这不能怪画手。

例2 陶渊明在《读山海经》中称赞为“猛志固常在”的是谁？

答案：刑天。

解析：“刑天舞干戚，猛志固常在”是陶渊明《读山海经十三首》（其十）中的诗句。可译为刑天挥舞着盾斧，刚毅的斗志始终存在。《山海经·海外西经》载：“刑天与帝争神，帝断其首，葬之常羊之山。乃以乳为目，以脐为口，操干戚以舞。”

例3 “尾生以为信”和哪个成语典故有关？

答案：抱柱之信。

解析：《庄子》载：“尾生与女子期于梁下，女子不来，水至不去，抱梁柱而死。”后用“抱柱之信”表示坚守信约。

10. 考查诗句中涉及的娱乐项目。

例1 李清照平生好赌，相传李清照最喜欢的是什么赌博方式？

**答案**:打马。

**解析**:打马是古代的一种棋艺游戏,棋子为“马”。李清照酷爱这种博戏,还专门为此作赋。在《打马图经序》中,李清照就叙述了自己对博戏的痴迷:“予性喜博,凡所谓博者皆耽之,昼夜每忘寝食。但平生随多寡未尝不进者何?精而已。自南渡来,流离迁徙,尽散博具,故罕为之,然实未尝忘于胸中也。”

**例2** “杨桴击节雷阗阗,乱流齐进声轰然”出自刘禹锡笔下,请问,这句诗描述的是人们具体在进行哪项运动?

**答案**:赛龙舟。

**解析**:“杨桴击节雷阗阗,乱流齐进声轰然”是刘禹锡《竞渡曲》中的诗句。《竞渡曲》记叙的是沅江一次赛龙舟活动。

11. 考查诗句中涉及的职业。

**例1** 《江南逢李龟年》中李龟年的职业是什么?

**答案**:宫廷乐师。

**解析**:《江南逢李龟年》是杜甫的诗作。李龟年是唐朝开元、天宝年间的著名乐师,擅长唱歌。他曾因唐玄宗的赏识而红极一时,常在贵族豪门歌唱。安史之乱后,李龟年便流落江南,以卖艺为生。后来杜甫在江南和李龟年重逢,心中感慨万千,便作下此诗。

12. 考查诗句中涉及的节日。

**例1** 李白在《忆秦娥·箫声咽》中写道“乐游原上清秋节,咸阳古道音尘绝”,请问清秋节指的是什么节日?

**答案**:重阳节。

**解析**:清秋节指农历九月九日的重阳节,是当时人们重阳登高的节日。

**例2** 词人李清照晚年避难江南的时候,写下了《永遇乐·落日熔金》,词句“中州盛日,闺门多暇,记得偏重三五”中的“三五”指的是哪一个节日?

**答案**:元宵节。

**解析**:三五,指十五日。也指农历正月十五上元节,即元宵节。《礼记·礼运》载:“是以三五而盈,三五而阙。”

**例3** “月上柳梢头,人约黄昏后”描写的是我国哪个传统节日的情景?

**答案**:元宵节。

**解析**:“月上柳梢头,人约黄昏后”描写的是我国正月十五元宵节的情景。元宵节会举办灯会,未婚男女也可借赏花灯为自己物色对象。诗句写出了恋人间情意正浓的景象。

13. 考查诗句中涉及的服饰。

**例1** “当窗理云鬓,对镜贴花黄”中的“花黄”指的是什么?

**答案**:古代妇女的面饰。

**解析**:“当窗理云鬓,对镜贴花黄”是《木兰诗》中的诗句。花黄是古代妇女的一种面部装饰物,也是当时流行的一种妆容。贴花黄是把金黄色的纸剪成星、月、花、鸟等形状贴在额上,或在额上涂一点黄的颜色。

14. 考查诗句中涉及的水果。

**例1** “新茎未遍半犹枯,高架支离倒复扶。若欲满盘堆马乳,莫辞添竹引龙须”描写的是哪种水果?

**答案**:葡萄。

**解析**:这是韩愈《题张十一旅舍三咏》中的诗句。葡萄树上新的枝叶开始生长,但仍未完全复苏,尚有一半的茎条是干枯的。有人为其搭起了高高的架子,又将垂下的枝条扶上去。要在葡萄架子上多加竹条，扩大修缮，将葡萄的枝蔓引好。诗人希望种葡萄的人能对葡萄多加培育，让其结果。诗人也借葡萄表达了自己被贬后的希冀。

例2 “世间珍果更无加，玉雪肌肤罩绛纱。一种天然美滋味，可怜生处是天涯”咏的是哪种水果？

**答案**：荔枝。

**解析**：“世间珍果更无加，玉雪肌肤罩绛纱。一种天然美滋味，可怜生处是天涯”是丘濬《咏荔枝》中的诗句。海南荔枝生长在天涯海角，却有天然美质，备受人喜爱。诗人对海南故土无比热爱，对自己生在海南长在海南无比自豪，可见诗人胸襟十分豁达。

15. 考查诗词的创作背景。

例1 《苏幕遮·碧云天》是范仲淹在什么背景下创作的？

**答案**：防务边疆。

**解析**：这首词作于宋仁宗康定元年(1040年)至庆历三年(1043年)间，当时范仲淹正在西北边塞的军中任陕西四路宣抚使，主持防御西夏的军事。

例2 以下哪联诗写于港珠澳大桥的水域？

A. 康有为的“腐儒心事呼天问，大地山河跨地来”。

B. 林则徐的“苟利国家生死以，岂因祸福避趋之”。

C. 文天祥的“人生自古谁无死，留取丹心照汗青”。

**答案**：C

**解析**：“腐儒心事呼天问，大地山河跨地来”是康有为《秋登越王台》中的诗句。《秋登越王台》是康有为在登临越王台时所作，越王台又名粤王台，在广州市北越秀山上，相传是西汉时南越王赵佗治事处的遗迹。“苟利国家生死以，岂因祸福避趋之”是林则徐《赴成登程口占示家人》中的诗句。《赴戍登程口占示家人》是林则徐在西安与家人分别时所作。“人生自古谁无死，留取丹心照汗青”是文天祥《过零丁洋》中的诗句。《过零丁洋》是文天祥在1279年经过零丁洋时所作。零丁洋即“伶丁洋”，现在广东省珠江口外，处于港珠澳大桥的水域。

16. 考查诗词中涉及的修辞手法。

**例1** 以下哪种修辞手法没有运用到范仲淹的《苏幕遮·碧云天》里？

A. 顶针　　　　B. 拟人　　　　C. 排比

**答案**:C

**解析**:“碧云天，黄叶地，秋色连波，波上寒烟翠”一句中运用了顶针手法。“秋色连波”的尾字“波”与下一句“波上寒烟翠”的“波”一样。“芳草无情，更在斜阳外”一句则是运用了拟人手法，将芳草拟人化。

17. 考查诗词中涉及的风俗习惯。

**例1** 欧阳修诗句中“正是浴兰时节动，菖蒲酒美清尊共”中的“喝菖蒲酒”“洗香草浴”是哪个节日的风俗习惯？

**答案**:端午节。

**解析**:“正是浴兰时节动，菖蒲酒美清尊共”是欧阳修《渔家傲·五月榴花妖艳烘》中的词句。端午节时，人们会用兰汤沐浴，以驱除不祥；也会饮菖蒲酒，驱邪健体。以兰汤沐浴，就是用香草水洗澡。古人认为兰草能避不祥，故以兰汤洁斋祭祀。菖蒲酒曾在孙思邈《千金月令》有载：“端午，以菖蒲或缕或屑以泛酒。”

18. 考查诗词中涉及的生活用品。

**例1** 请问“揖让月在手，动摇风满怀”咏的是哪种生活用品？

**答案**:团扇。

**解析**:“揖让月在手,动摇风满怀”是李煜《咏扇》中的诗句。打开玉扇,如明月在手,轻轻扇动,便有缕缕清风扑面而来。诗人仅用两句诗便写出了团扇的翩翩之感。

19. 考查诗词中涉及的自然现象。

**例1** 岑参名句“一川碎石大如斗,随风满地石乱走”,描写的可能是哪种自然现象?

**答案**:暴风。

**解析**:“一川碎石大如斗,随风满地石乱走”是岑参《走马川行奉送封大夫出师西征》中的诗句。走马川的碎石大如斗,却被狂风吹得满地滚动。诗人借石头来写风,更突出风的狂暴和气候的恶劣。

(三) 诗句、诗评、诗名、成语、俗语对应题。给出诗句,选手说出出自哪首诗、由哪位诗人创作、何时创作、出自哪本书。现场给出诗名,选手选出写该诗诗人的名字。现场给出诗评,选手选出该诗的诗人、诗名。选出与诗中某成语典故有关的人物。

**举例:**

1. 给出诗句,选手说出出自哪首诗、由哪位诗人创作、何时创作、出自哪本书。

**例1** “问苍茫大地,谁主沉浮”出自谁的哪首作品?

**答案**:毛泽东的《沁园春·长沙》。

**解析**:“怅寥廓,问苍茫大地,谁主沉浮”是毛泽东《沁园春·长沙》中的词句。

**例2** “青青子衿,悠悠我心”出自《诗经》中的哪部分?

**答案**:《风》。

**例 3** “别时容易见时难”和“相见时难别亦难”分别是谁的诗句？

**答案**：李煜和李商隐。

**解析**：“独自莫凭栏，无限江山，别时容易见时难”是李煜《浪淘沙令·帘外雨潺潺》中的词句。“相见时难别亦难，东风无力百花残”是李商隐《无题》中的诗句。

**例 4** 元好问是在几岁左右写下了“问世间，情为何物，直教人生死相许”？

**答案**：16 岁。

**例 5** “满纸荒唐言，一把辛酸泪。都云作者痴，谁解其中味。”这是哪本书的开篇词？

**答案**：《红楼梦》。

**例 6** 李煜的“晚妆初过，沈檀轻注些儿个”出自哪首词？

**答案**：《一斛珠》。

2. 现场给出诗名，选手说出创作该诗的诗人名字。

**例 1** 《横江词》的作者是谁？

**答案**：李白。

**例 2** 《春夜喜雨》的作者是谁？

**答案**：杜甫。

3. 现场给出诗评、对联，选手说出对应的诗人、诗名。

**例 1** 诗人闻一多曾称赞哪首诗是“诗中的诗，顶峰上的顶峰”？

**答案**：《春江花月夜》。

**解析**：《春江花月夜》被闻一多先生誉为“诗中的诗，顶峰上的顶峰”，也被清末学者王闿运评价为“孤篇横绝，竟为大家”。

**例 2** 被王士祯评价为“丽绝韵绝，令人神往”是白居易的哪首诗？

**答案**：《暮江吟》。

**解析**：《暮江吟》是白居易在赴杭州任刺史的路上所作：“一道残阳铺水中，半江瑟瑟半江红。可怜九月初三夜，露似真珠月似弓。”诗人选取红日西沉和新月东升两组景物，营造了宁静的意境，表现出自己内心的喜悦和对大自然的喜爱。全诗巧妙之处在于两幅画面加以组接，两者分开看各具妙处，合起来看更显妙境。此诗被清代王士祯于《唐人万首绝句选》评价为：“丽绝韵绝，令人神往。”

**例 3** “酌酒花间，磨针石上；倚剑天外，挂弓扶桑”是郭沫若为哪位诗人题的对联？

**答案**：李白。

**解析**：这是郭沫若题江油李白纪念馆的楹联。这副楹联每四个字都对应李白一首诗中的诗句。“酌酒花间”出自唐代李白《月下独酌四首·其一》中的“花间一壶酒，独酌无相亲。举杯邀明月，对影成三人”。“磨针石上”出自《方舆胜览》中的“只要功夫深，铁杵磨成针”。“倚剑天外”出自李白《发白马》中的“倚剑登燕然，边烽列嵯峨”。“挂弓扶桑”出自李白《短歌行》中的“吾欲揽六龙，回车挂扶桑”。

**例 4** “大河百代，众浪齐奔，淘尽万古英雄汉；诗苑千载，群芳竞秀，盛开一枝女儿花”是臧克家给哪位诗人题的对联？

**答案**：李清照。

**解析**：李清照，号易安，是婉约词派代表人物，有“千古第一才女”之称。李清照不但有高深的文学修养，而且有大胆的创造精神。她的创作内容呈现出前后期不同的特点。易安词自成一家，人称“易安体”。

**例5** “草堂留后世，诗圣著千秋”指的是哪位诗人？

**答案**：杜甫。

**解析**：“草堂留后世，诗圣著千秋”是朱德同志1957年参观成都杜甫草堂时撰书的一副对联。杜甫被人称为“诗圣”，他的诗被人称为“诗史”。杜甫草堂是中国唐代大诗人杜甫流寓成都时的故居，杜甫先后在此居住近四年，创作诗歌240余首。后来唐代诗人韦庄寻得草堂遗址，重建茅屋，使之得以保存。

**例6** “可怜荒垄穷泉骨，曾有惊天动地文”形容的是哪位诗人？

**答案**：李白。

**解析**：“可怜荒垄穷泉骨，曾有惊天动地文”是白居易《李白墓》中的诗句。此诗写李白墓地的简陋和荒凉，白居易对李白的诗文成就表示钦慕，对李白身后的萧条表示了深切的同情。

4. 与诗中某成语典故有关的人物。

**例1** “赌书消得泼茶香”引用的是哪对恩爱夫妻的典故？

**答案**：李清照与赵明诚。

**解析**：赌书泼茶，典出李清照《〈金石录〉后序》。李清照和赵明诚夫妇喜好读书藏书，所以饭后一起烹茶的时候，就用比赛的方式决定饮茶的先后，可是某次胜者因为太过开心，将茶水洒了一身。后来，人们常用“赌书泼茶”形容夫妻之间琴瑟和鸣。

**例2** 王冕《墨梅》中有诗句“我家洗砚池头树，个个花开淡墨痕”。请问诗中的“洗砚池”用的是哪位书法家的典故？

**答案**:王羲之。

**解析**:“洗砚池”又名“砚池”“墨池”。相传王羲之幼年刻苦练字后,常到池中洗刷砚台,长时间后以至于池水呈墨色,于是人们称其为“洗砚池”。所以“洗砚池”用的是王羲之的典故。

**例 3** “痛饮狂歌空度日,飞扬跋扈为谁雄”中“飞扬跋扈”形容的是谁?

**答案**:李白。

**解析**:“痛饮狂歌空度日,飞扬跋扈为谁雄”是杜甫《赠李白》中的诗句。杜甫游赵齐时,正好遇到遭奸佞排斥、远离京都的李白,杜甫有感而发,写下此诗。“飞扬跋扈”指不守常规和狂放不羁,是作褒义词使用。

(四) 诗词基础知识题。具体考查某诗人和诗词的地位、具体诗派、古诗体裁、诗人生平简介和个人主张观点、文学常识等。

**举例:**

1. 有关某诗人、诗词的地位。

**例 1** 哪位诗人被评为“唐之诗祖”?

**答案**:陈子昂。

**解析**:陈子昂高举改革大旗,开一代诗风,被尊为“唐之诗祖”,在中国文学史上有着重要地位。他在诗歌创作中实践自己的主张,以其进步、充实的思想内容,质朴的语言风格,一扫齐梁以来的形式华美而内容苍白的弊端,为唐代诗歌发展开辟了方向,奠定了基础。

**例 2** 古代最早的抒情诗是什么?

**答案**:《离骚》。

**解析**:《离骚》是战国时期诗人屈原创作的诗篇,是中国古代最长的抒情诗。

**例3** 1953年赫尔辛基颁布的四位世界文化名人中的中国诗人是谁？

**答案**：屈原。

**解析**：1953年在赫尔辛基颁布的四位世界文化名人有：波兰的天文学家、日心说创始人哥白尼；法国作家佛朗索瓦·拉伯雷；古巴作家和民族独立运动的领袖何塞·马蒂；中国的屈原。

**例4** 汉代五言诗成就最高的是哪部作品？

**答案**：《古诗十九首》。

**解析**：《古诗十九首》被刘勰称为"五言之冠冕"。

2. 世人评语

**例1** "天生一副侠骨，专喜欢管闲事、打抱不平、杀人报仇、革命、帮痴心女子打负心汉"是闻一多对哪位诗人的评价？

**答案**：骆宾王。

**解析**：高宗仪凤三年，任侍御史的骆宾王因上疏论事触怒武后，遭诬，以贪赃罪名下狱。闻一多先生的话道出了骆宾王下狱的根本原因。他敢抗上司，敢动刀笔，于是被当权者下狱。

3. 具体诗派

**例1** 以下哪位不是田园诗人？

A. 陶渊明　　B. 孟浩然　　C. 王昌龄

**答案**：C

**解析**：田园诗派是中国古代诗歌的一个流派，代表诗人有陶渊明、孟浩然、杨万里等。陶渊明是田园诗的开创者，他以田园景色和田园生活为题材创作了大量诗歌，他的田园诗创立了中国古典诗歌的一个新流派——田园诗派。

**例 2** 下面哪一位文学家是婉约派词人？

A. 秦观　　　　B. 苏轼　　　　C. 辛弃疾

**答案**：A

**解析**：秦观是婉约派词人，他对婉约派的贡献是：发展了柳永的慢词，把令词中含蓄缜密的韵味带进慢词长调，从而弥补了柳永以赋法填词所造成的发露有余、浅白单调的不足，显得跌宕有致，包蕴深密。苏轼是豪放词创始人，辛弃疾将豪放词加以发展，但苏轼和辛弃疾的婉约词写得也相当漂亮，比如：苏轼的《贺新郎·夏景》和《水龙吟·和章质夫杨花韵》；辛弃疾的《粉蝶儿·和赵晋臣敷文赋落梅》和《青玉案·元夕》等皆是婉约词的名篇。

**例 3** 竹林七贤中年龄最小的是谁？

**答案**：王戎。

**解析**：嵇康、阮籍、山涛、向秀、刘伶、王戎及阮咸七人有七贤之称。因常在竹林饮酒纵歌，所以又称"竹林七贤"。王戎是七人中年龄最小的。

4. 判断古代诗歌体裁。

**解析**：从诗歌体裁的角度来看，中国古代诗歌可以分为古歌谣、四言古诗、骚体诗、赋、杂言古诗、五言古诗、七言古诗、格律诗、词、曲等。四言古诗以《诗经》为代表。骚体诗主要指《楚辞》。格律诗分为律诗和绝句两类，而律诗和绝句又可进一步分为五律、七律和五绝、七绝四类；此外，还有一种格律诗体裁：排律。

5. 诗人个人资料和个人主张观点。

**例 1** 她出生于一个爱好文学的士大夫家庭，是一位著名词人，她好赌也常赢，爱喝酒也易醉，喜欢以"瘦"入词，被称为"三瘦"，请问这位女词人是谁？

**答案**：李清照。

**例 2** 关于陶渊明的资产，哪句表述错误？

A. 有草屋八九间。

B. 有田地十余亩。

C. 有藏书千卷。

**答案**：C

**解析**：陶渊明在《归园田居》中提到“方宅十余亩，草屋八九间”，所以 A、B 是正确的。

**例 3** 被称为“元白”的元稹和白居易共同倡导了哪项诗歌革新运动？

**答案**：新乐府运动。

**解析**：新乐府运动是由唐代诗人白居易、元稹、张籍、李绅等人所倡导的诗歌革新运动，他们主张恢复古代的采诗制度，发扬《诗经》和汉魏乐府讽喻时事的传统，使诗歌起到“补察时政”和“泄导人情”的作用，强调以自创的新的乐府题目咏写时事，故名新乐府。

6. 文学常识。

**例 1** 诗人孟郊在《登科后》一诗中，以诗句“昔日龌龊不足夸，今日放荡思无涯”描述登科前后生活的差异，请问“登科”指的是在科举考试中考上什么？

**答案**：进士。

**解析**：登科，又名登第，在科举时代指考中进士。

**例 2** 以下哪一项不是宋词的别称？

A. 乐章　　B. 胡乐　　C. 琴趣

**答案**：B

**解析**：宋词又称曲子词、乐府、乐章、长短句、诗余、琴趣等。它始于南朝梁代，形成于唐代而极盛于宋代。宋词句子有长有短，便于歌唱。宋词的代表人物有苏轼、辛弃疾、李清照、柳永等。

**例 3** 以下哪一个不是诗词中对书信的称呼？

A. 雁字　　B. 尺素　　C. 洒金笺

**答案**：C

**解析**：诗词中常用“尺素”“鸿雁”“雁帛”“鲤鱼”等词称呼书信。洒金笺是一种敷洒金粉的笺纸，《玉海》中曾记载：“宋天禧四年，御制粉笺销金纸。”

**例 4** 杜牧《赠别》“豆蔻梢头二月初”诗中的女子大概是多少岁？

**答案**：十三四岁。

**解析**：唐代诗人杜牧在被贬扬州时遇见十三岁的张好好，便作《赠别》一诗表达对此女子的欣赏。他在诗中写道：“娉娉袅袅十三余，豆蔻梢头二月初。”这是“豆蔻”第一次用来形容这个年纪的女孩子。后来人们便用“豆蔻”形容十三四岁的少女，“豆蔻”也成为一个专指女子年龄的词。

**例 5** “风骚”二字分别是指哪两部文学著作？

**答案**：《诗经》和《楚辞》。

**解析**：“风骚”是《诗经》和《楚辞》的合称。“风”指《诗经》中的《国风》，“骚”指屈原的作品《离骚》。

**例 6** 王安石与哪七位诗人并称为“唐宋八大家”？

**答案**：韩愈、柳宗元、欧阳修、苏洵、苏轼、苏辙、曾巩。

**例 7** 以下哪个意象在古诗中代表晚年？

A. 总角　　B. 桑榆　　C. 摽梅

**答案**：B

**解析**："总角"是指八九岁至十三四岁的少年，古代儿童将头发分作左右两半，在头顶各扎成一个结，形如两个羊角，故称"总角"。"桑榆"比喻垂老之年。"摽梅"指女子到了适婚年龄。

**例 8** 我国古代诗歌史上被称为"乐府双璧"的作品是什么？

A.《木兰诗》和《敕勒歌》

B.《木兰诗》和《孔雀东南飞》

C.《长歌行》和《敕勒歌》

D.《长歌行》和《孔雀东南飞》

**答案**：B

**解析**：《孔雀东南飞》和《木兰诗》合称"乐府双璧"。这两首诗歌都是叙事长诗，具有深刻的社会意义和文学价值。《木兰诗》也叫《木兰辞》，是北朝民歌，讲述了木兰替父从军的故事。《孔雀东南飞》也叫《古诗为焦仲卿妻作》，是汉乐府民歌杰作之一，是我国第一首长篇叙事诗，讲述了焦仲卿、刘兰芝被迫分离而殉情的故事。

**例 9** 根据线索，答出一位历史人物：

A. 西汉名将，神勇无比。

B. 司马迁评价他"桃李不言，下自成蹊"。

C. 他射石搏虎，唐代诗人卢纶曾作诗称赞。

D. 但使龙城飞将在，不教胡马度阴山。

**答案**：李广

**解析**：李广，西汉名将，英勇善战，被称为"飞将军"。李广不善言辞，但却以他的真诚和崇高品质赢得人们的敬佩，所以司马迁评价他"桃李不言，下自成蹊"。

李广出猎时，曾将石头误认为是老虎，便拉弓射虎，却将整个箭头射进了石头里。后来，李广居守右北平时，在被老虎所伤的情形下仍然射杀了它，可见其英勇。卢纶所作的诗《塞下曲》正描述了这一事件，他写道："林暗草惊风，将军夜引弓。平明寻白羽，没在石棱中。"王昌龄也对李广大加赞赏，在《出塞》中写道："秦时明月汉时关，万里长征人未还。但使龙城飞将在，不教胡马度阴山。"其中的"飞将军"便是指李广。

**例10** 以下诗句中不含地名的是哪一项？

A. 我寄愁心与明月，随风直到夜郎西。

B. 劝君更尽一杯酒，西出阳关无故人。

C. 千里莺啼绿映红，水村山郭酒旗风。

**答案**：C

**解析**："我寄愁心与明月，随风直到夜郎西"是李白《闻王昌龄左迁龙标遥有此寄》中的诗句。因少数民族在此建立过政权的原因，所以将中国今贵州西部、北部和云南东北部及四川南部部分地区称为夜郎。诗句中的"夜郎"指湖南的夜郎，李白当时在东南。"劝君更尽一杯酒，西出阳关无故人"是王维《送元二使安西》中的诗句，诗中提到的"阳关"在今甘肃省敦煌西南，是古代通往西域的要道。"千里莺啼绿映红，水村山郭酒旗风"是杜牧《江南春》中的诗句，"郭"指城镇，所以诗句中并没有提到地名。

（五）诗句关系、古诗关系、古今关系对应题。

**举例：**

1. 说出某诗句中化用的诗词。

**例1** 贺铸作品"商女篷窗罅，犹唱《后庭花》"化用了哪位诗人的哪首诗？

**答案**：杜牧的《泊秦淮》。

**解析**：杜牧《泊秦淮》中有诗句"商女不知亡国恨，隔江犹唱《后庭花》"，贺铸的"商女篷窗罅，犹唱《后庭花》"正是化用了这一句。

**例 2** 《宿云梦馆》:“北燕来时岁欲昏,私书归梦杳难分。井桐叶落池荷尽,一夜西窗雨不闻。”化用了李商隐哪首作品中的哪句诗?

**答案**:何当共剪西窗烛,却话巴山夜雨时。

——李商隐《夜雨寄北》

**解析**:《夜雨寄北》中的“何当共剪西窗烛,却话巴山夜雨时”中提到的“西窗剪烛”可以用于写夫妻或朋友间的思念之情。《宿云梦馆》是欧阳修思念妻室而作,其中“西窗”更是化用了李商隐《夜雨寄北》中的诗意,欧阳修借其抒发自己对妻子的思念。

2. 考查诗句间的关系对应。

**例 1** “望帝春心托杜鹃,佳人锦瑟怨年华”是元好问引用哪位诗人哪首诗中的诗句?

**答案**:李商隐的《锦瑟》。

**解析**:李商隐《锦瑟》一诗中有诗句“庄生晓梦迷蝴蝶,望帝春心托杜鹃”。元好问《古诗三十首》其十二中的“望帝春心托杜鹃,佳人锦瑟怨年华”便是引用于此。

**例 2** “人间几岁似今宵,便胜却、貂蝉无数”会让我们联想到秦观同调名作中的哪句词?

**答案**:金风玉露一相逢,便胜却人间无数。

**解析**:“人间几岁似今宵,便胜却、貂蝉无数”是王国维《鹊桥仙·绣衾初展》中的诗句。意思是若以后的日子都像今晚一样,那就胜却人间一切恩爱了。“金风玉露一相逢,便胜却人间无数”是秦观《鹊桥仙·纤云弄巧》中的诗句。意思是在秋风白露的七夕相会,就胜过尘世间那些长相厮守却貌合神离的夫妇。两句诗有相似之处,容易让人联想到一起。

**例 3** 黄庭坚认为“胸中有万卷书才能笔下无一点尘俗气”的观点和杜甫《奉赠韦左丞丈二十二韵》中的哪句是一样的?

**答案**:读书破万卷,下笔如有神。

**解析**:“读书破万卷,下笔如有神”是杜甫《奉赠韦左丞丈二十二韵》中的诗句,意思是熟读万卷书籍,写文章时才会下笔敏捷如有神。这与黄庭坚的观点是一致的。

3. 古诗间的关系对应题。

**例 1** “山回路转不见君,雪上空留马行处”指一直目送友人直到看不见为止。下面哪首诗也有相同的情景?

A.《黄鹤楼送孟浩然之广陵》

B.《送元二使安西》

C.《芙蓉楼送辛渐》

**答案**:A

**解析**:李白《黄鹤楼送孟浩然之广陵》中有诗句“孤帆远影碧空尽,唯见长江天际流”。李白将朋友送上船后,一直目送风帆,可直到帆影消失,李白还在翘首凝望,却只见滚滚东去的一江春水。这与《白雪歌送武判官归京》中的送别场景极为相似,山路上已不见朋友的身影,雪地上只留马蹄印迹。两首诗都抒发了对友人的依依惜别之情。

**例 2** 下列哪首诗中也提到过苏轼《荔枝叹》一诗中的事件?

A.《秦中吟》　　B.《过华清宫》　　C.《丽人行》

**答案**:B

**解析**:《过华清宫》中有诗句“一骑红尘妃子笑,无人知是荔枝来”,诗句中选取了唐玄宗不惜劳民伤财为杨贵妃供应荔枝的历史事件。《荔枝叹》中有诗句“永元荔枝来交州,天宝岁贡取之涪”,也讲述了唐代天宝年间岁贡涪陵荔枝的事。《新唐书》中记载杨贵妃云：“妃嗜荔枝，必欲生致之。乃置骑传送，走数千里，味未变已至京师。”总之，这两首诗都提到了唐玄宗为杨贵妃供应荔枝的事，都借此批评统治者的荒淫无耻。

**例 3** 《陌上桑》和《孔雀东南飞》中分别有一个女性，同名同姓，请问这个名字是什么？

**答案**：秦罗敷。

**解析**：《陌上桑》中有诗句“秦氏有好女，自名为罗敷。罗敷喜蚕桑，采桑城南隅”。《孔雀东南飞》中有诗句“东家有贤女，自名秦罗敷。可怜体无比，阿母为汝求”。两者中都有一个叫秦罗敷的女性。

4. 古今联系题：考查现今创作作品中引用的内容的出处。

**例 1** 歌手周传雄作品《寂寞沙洲冷》歌名出自何处？

**答案**：苏轼《卜算子》。

**解析**：苏轼《卜算子·黄州定慧院寓居作》中有诗句“拣尽寒枝不肯栖，寂寞沙洲冷”。周传雄《寂寞沙洲冷》的歌名则出于此处。

5. 古今联系题：大型活动的创意来源。

**例 1** “2013 年各省（区市）形象”活动中，哪一位诗人以 32.7%的最高得票率当选湖北形象代言人？

**答案**：屈原。

**解析**：屈原，战国时期楚国诗人，出生于湖北。屈原作为形象代言人，体现了湖北厚重而深远的历史文化底蕴。



## 二、题型分析

此类题型考查得较全面细碎，选手在作答时也极易出问题。这类题会从诗句中涉及的细小方面出题，选手也很难对这类题型进行把握。这类题型主要考查诗词的创作背景以及其中包含的一些文学和文化常识，比如说问诗歌中某种文学意象表达了什么样的情感，诗歌中展现了当时社会上哪种比较常见的现象，诗歌中描写了哪种节日里的什么习俗。这些都是根据诗歌本身的内容来考查，还有一种情况是题干中给出的诗歌只是引子，题目借由这个引子而对一些古代文学和文化常识类的东西来进行考查，比如诗歌中写到了乐器的声音，可能会让你回答五音是哪五音，诗中描写的是哪种乐器。如果诗歌中提到某个典故，比如"鲈鱼堪脍"，让你回答这是说的什么事情。还有的可能会就诗歌中的地名进行提问，比如"不辞长作岭南人"中的"岭南"是指哪里，"敕勒川，阴山下"中的"阴山"在现在的哪个省份，等等。

上面说的是由诗歌一点发散出去考查，也有通过给你数个"面"，即提示项，让你答出某个"点"来，比如说给出中国某个传统节日的特点，让你回答出该节日；或者给出某一事物在诗歌中的主要特征，让你回答出该事物；或者给出某人的轶事或者外号等信息，让你回答出此人是谁；等等。此类题目一般会被设置为抢答题，会给出四个提示项，然后让多位选手进行抢答，谁能最快回答且回答得准确则加分，回答错误则扣分。这种考查类型是最难的，对参赛选手的反应能力、知识储备、心理素质都是很大的考验。

通过以上分析我们知道这类题型是所有题型里面最难的一类，简单概括一下，有三种主要的出题模式：

(1) 给出一首或者几句诗，然后考查诗中的常识或者诗歌背景知识。

(2) 给出多个提示项，要选手根据提示项来回答问题。答案可能是地点、人物、物品或者诗句等，具体要看题干问什么。

(3) 考查诗词之间的关系，或引用，或相似。

### 三、答题技巧

这类题型需要选手有较为系统的诗词知识以及较强的综合运用能力，在比赛时还需要选手有着强大的心理素质和快速的反应能力。决胜的关键在于选手临场时一定要保持冷静，不要被别人干扰情绪，尤其在抢答模式下，不要因为对手比自己先一步抢答成功，就开始急躁冒进，在下一题自己还没思考完备之时就贸然抢答，这样做风险太大，如果抢答错误更影响自己心态，很容易造成自己满盘皆输的情况。在抢答模式下，一定要记住不要一味求快，而要追求答题的准确率，如果答错即使比对手先一步抢答了，也毫无意义，反而相当于给对手送分。对于这类题型的第一种出题模式，选手可以用排除法来帮助做自己判断，一步步锁定正确答案。对于第二种和第三种出题模式，并没有特别好的答题技巧，只能依靠参赛选手在日常多积累、多思考、勤练习。参赛者在平时可以邀请几位志同道合的朋友多进行情境模拟训练，仿照真实的比赛模式来进行练习。抢答模式可以反映参赛者个人真实水平，因此参赛者在平时一定要多积累、多练习，努力学习诗词知识，老老实实、认认真真地去提升自己在诗词方面的能力，千万不要只想着靠技巧取胜，这样才有可能在这一比赛环节中取得较好成绩。

## 第十节　成语题

### 一、解题

从给出的多个成语中各取一个字，组成一句诗。选出诗句中隐含的成语。

**举例：**

1. 从给出的多个成语中，各取一个字，组成一句诗。

**例 1** 不胜酒力、青红皂白、投机倒把、别有洞天、明知故问，五个成语各取一字，可组成哪些诗句？

**答案**：把酒问青天。

2. 选出诗句中隐含的成语。

**例 1** 《琵琶行》里没有下列哪个成语？

A. 司马青衫　　B. 门前冷落　　C. 余音绕梁

**答案**：C

**解析**：白居易《琵琶行》中有诗句“门前冷落鞍马稀，老大嫁作商人妇”“座中泣下谁最多？江州司马青衫湿”，分别有成语“司马青衫”“门前冷落”。“余音绕梁”形容歌声或音乐优美，也比喻诗文意味深长，出自《列子·汤问》，而非出自《琵琶行》。

**例 2** 下面哪个成语和曹操无关？

A. 画饼充饥　　B. 望梅止渴

C. 老骥伏枥　　D. 割须弃袍

**答案**：A

**解析**：“画饼充饥”出自《三国志·魏书·卢毓传》，但跟曹操没有关系。“画饼充饥”一开始讲的是选举的时候，不要只看名声，还要看他实际的行为，否则的话就像画饼充饥，虽然看起来好看，但是不能吃。其他三个选项 BCD，都是跟曹操有关系的。“望梅止渴”指的是曹操行军时找不到水源，便告诉士兵前方有梅子林，以此促使部队尽快赶到前方，找到水源。后来人们就用“望梅止渴”形容愿望无法实现，便用空想安慰自己。“老骥伏枥”比喻人虽年老，却仍有雄心壮志，此成语出自曹操《龟虽寿》中的“老骥伏枥，志在千里”一句。“割须弃袍”指人战败狼狈的样子，出自《三国演义》，指曹操战败后，割须弃袍逃走。此题既可直选，也可用排除法。

**例 3** “笑里刀剐皮割肉，绵里针剔髓挑筋”中暗藏了哪些成语？

答案：笑里藏刀、绵里藏针。

## 二、题型分析

成语题有两种类型，分别是由多个成语组诗和找出诗句中隐含的成语，这两种题型虽然是创新题型，但也是考查参赛者对诗词的熟练度和诗词的储备量。其中选出诗句中隐含的成语题较为简单，只要参赛者在心中默背诗句，就不难梳理出头绪。成语组诗题较有难度，既需要熟能生巧，也需要选手不断排除心中的错误选项，只要第一个字切入正确，也不难答出正确诗句。在作答此类难度中等的试题时，选手要放平心态，哪怕是碰见极熟悉的题，也不可贸然作答，仓促之间可能会产生反作用。在计时读秒的状态下，选手会极易在熟悉的题和陌生的题上发挥失误，前者是因为放松导致，后者则是因为过度紧张所致。由此可见，在限时比赛中，赢得比赛的关键在于选手自身的实力和心态。

## 三、答题技巧

两类成语题中选出诗句中隐含的成语题较为简单，选手在答题时根据提示默背诗句，从中找出诗句中隐含的成语即可。这一题考查的是参赛者对诗词的熟练度和对诗意的理解，如果选手对成语足够熟悉，作答此类题便不是很难。成语组诗题较有难度，原因在于诗句中的第一个字难找，开头难导致成句难，在这一过程中需要选手不断排除脑海中的错误选项，因为是现场答题，有时间限制，选手可以从成语中找一个自己熟悉的字进行反推，只要在成语中找到第二个字就可继续推进。也可从成语中找出多个熟悉的字，进行连字成诗。总之，这两类题型都是考验参赛者自身的诗词储备量和对诗词的熟练程度，所以建议诗词爱好者们在自身条件允许下，不断增加自身的诗词储备量。

## 第十一节　炼字题

### 一、解题

炼字题：答出给定诗句中的某个关键字、词的正确意义和正确所指。答出诗词中涉及的某个字词、成语、典故的出处（具体到出自哪位诗人的哪首诗哪一句）。

**举例：**

1. 说出给定诗句中的某个关键字、词的正确意义和正确所指。

**例1**　“荡胸生层云，决眦入归鸟”中的“眦”是什么意思？

**答案**：眼角。

**解析**：“荡胸生层云，决眦入归鸟”是杜甫《望岳》中的诗句。“决眦”意为眼眶几乎要裂开，“眦”指眼角，位于上下眼睑的接合处。

**例2**　白居易《观刈麦》中“吏禄三百石，岁晏有余粮”中的“岁晏”是什么意思？

**答案**：年底。

**解析**：“岁晏”指一年将尽的时候，其中“晏”为“晚”的意思。

**例3**　“桂树夹道生，青龙对道隅”中的“青龙”指的是哪个方位？

**答案**:东方。

**解析**:“桂树夹道生,青龙对道隅”是《陇西行·天上何所有》中的诗句。“青龙”是二十八宿中东方七宿之总称,由此可推断“青龙”指东方。

**例 4** “凿开混沌得乌金,藏蓄阳和意最深”中的“乌金”指的是什么?

**答案**:煤。

**解析**:“凿开混沌得乌金,藏蓄阳和意最深”是于谦《咏煤炭》中的诗句。诗人借煤炭的燃烧表达自己忧国忧民的心情和为国牺牲的想法。“乌金”指煤炭,因煤炭黑而有光泽,故得名。

**例 5** “菡萏香连十顷陂,小姑贪戏采莲迟”中的“菡萏”指什么?

**答案**:荷花。

**解析**:“菡萏香连十顷陂,小姑贪戏采莲迟”是黄甫松《采莲子·菡萏香莲十顷陂》中的诗句,此诗反映了江南采莲风俗。“菡萏”指荷花。《诗经·陈风·泽陂》载:“彼泽之陂,有蒲菡萏。”朱熹注:“菡萏,荷华也。”

**例 6** “一道残阳铺水中,半江瑟瑟半江红”中“瑟瑟”是什么意思?

A. 碧绿　　B. 寒冷

C. 寂寥　　D. 发抖

**答案**:A

**解析**:这个“瑟瑟”是波斯语的一种音译。波斯这个地方盛产一种叫瑟瑟的宝石,这是一种碧绿色的宝石,后来就把它音译过来,瑟瑟就是碧绿色的宝石,引申为碧绿。“半江瑟瑟半江红”是指到了晚上，夕阳西下的时候，江面上有太阳映照的地方是红的，没有太阳映照的地方还是碧绿的江水，形成了一种比较奇特的景观。

**例7** 唐诗“可怜无定河边骨，犹是春闺梦里人”中的“无定河”在哪个省？

A. 河北　　B. 山西　　C. 陕西

**答案**：C

**解析**：“可怜无定河边骨，犹是春闺梦里人”是陈陶《陇西行四首·其二》中的诗句。此诗反映了唐代长期的边塞战争给百姓带来了巨大痛苦。妻子不知丈夫已战死，还在梦中盼着丈夫归来团聚。“无定河”在陕西北部。

2. 说出诗词中涉及的某个字、词、成语、典故的出处(具体到出自哪位诗人的哪首诗哪一句)。

**例1** “风流人物”这个词语在哪首词中出现过？

**答案**：苏轼的《念奴娇·赤壁怀古》。

**解析**：苏轼《念奴娇·赤壁怀古》中有词句“大江东去，浪淘尽，千古风流人物”。题干中的“风流人物”便出现在此句。只要选手对《念奴娇·赤壁怀古》这首词熟悉，便不难作答此题。

**例2** “小家碧玉”出自哪个作品？

**答案**：《乐府诗集》。

**解析**：小家碧玉，指小户人家的年轻美貌的女子。出自《乐府诗集·碧玉歌》。其中有诗句“碧玉小家女，不敢攀贵德。感郎千金意，惭无倾城色。碧玉小家女，不敢贵德攀。感郎意气重，遂得结金兰”。

**例3** 成语“车水马龙”出自“车如流水马如龙”，请问这句词出自谁的哪部作品？

**答案**:李煜的《望江南》。

**解析**:李煜的《望江南·多少恨》中有词句“多少恨,昨夜梦魂中。还似旧时游上苑,车如流水马如龙”。成语“车水马龙”便是出于此处。“车水马龙”形容车马络绎不绝,景象十分热闹繁华。

例4 “长舌之妇”是由哪部作品的诗句演化而来?

**答案**:《诗经》。

**解析**:《大雅·瞻卬》是《诗经》中的一首讽刺周幽王昏庸误国的诗。诗中有讽刺褒姒的诗句:“妇有长舌,维厉之阶!乱匪降自天,生自妇人”,“长舌之妇”便是由此演化而来。

例5 全面建成小康社会中的“小康”一词最早出现在哪部作品中?

**答案**:《诗经》。

**解析**:《大雅·民劳》是《诗经》中的一首诗。诗中有“民亦劳止,汔可小康”一句,其中“康”指安康、安居。“小康”指儒家理想中的政教清明、人民富裕安乐的社会局面;后多指境内安宁,社会经济情况较好;今指中国广大群众所享有的介于温饱和富裕之间的比较殷实的生活状态。

例6 苏轼在哪首词中引用了“孙权在一次出行中,坐骑被虎所伤,他镇定地在马前击毙了虎”的典故?

**答案**:《江城子·密州出猎》。

**解析**:苏轼《江城子·密州出猎》中有诗句“为报倾城随太守,亲射虎,看孙郎”。其中便引用了孙权的典故。据《三国志·吴书·孙权传》载:“二十三年十月,权将如吴,亲乘马射虎于庱亭,马为虎所伤。权投以双戟,虎却废。常从张世,击以戈,获之。”

## 二、题型分析

炼字题是考查参赛者对诗句中关键字词的理解,成语、字词和典故题的设计则是要参赛者找出诗句中关键信息的出处。这两个题的难度都不是很大，只要参赛者在平时学习时不局限于背诵，而是对整首诗的诗意和关键字词、典故等信息进行把握，那么作答这类解字题就不难。若选手对于答案模棱两可，持有不确定的态度，可以尝试根据文学常识进行推导作答。在竞赛状态下，选手答题的最终目的就是答对题，基于这一前提，选手在作答时可不局限于用一种答题方法，可灵活采用多种方法以提高对题率。总之，学诗不是背诗，要去深入理解诗意，诗中有千意，学诗的过程也是学习者走近诗人的过程。

### 三、答题技巧

关键字词出题，若选手对该诗句已提前有所了解，可以直接选择，若不是很了解，可以采用排除法。排除法主要有两种，一种是根据自己已知类似的关键字词反推该关键字词的意思，另一种则是根据诗句间的前后联系和已知选项进行推导和代入，选择自己认为正确概率较大的选项。若选手心中已有答案，便在有限的回答时间内完成答题，若是对答案不确定，便选择概率较大的选项。竞赛有运气成分，但是学习诗词不是拼运气，建议所有学习诗词的人要脚踏实地地学习，认真地从中华诗词文化中汲取营养。

## 第十二节　诗意理解和背诵记忆题

### 一、解题

诗意理解和背诵记忆题可从电视诗词竞赛中归纳为以下十一类。以下题名、题型简介和例句皆来自节目组，非原创，仅供读者参考。

1. 触景生句题。根据情景要求，说出一联诗句。

2. 诗意理解选择题。

3. 场景选择题。根据题意选出正确的场景。

4. 句意理解与背诵题。限定某位诗人的某首诗，考查对诗词句意的理解和带有某字、某词的诗句简单背诵。

5. 竹简知识记忆题。大屏幕呈现 100 个竹简，每个竹简后都有一个诗词知识，给选手 2 分钟的时间记忆，2 分钟后将竹简翻回，关主随机指出竹简编号，选手说出竹简后面的知识。

6. 填言觅语题(填空题)。填写诗句中空缺的字，按键作答。

7. 刻不容缓题。在 200 秒内，3 位选手轮流背诗，答对 1 题得 1 分，3 人得分之和为该战队总分。

8. 诗词接龙题。选手轮流答题，以上一句诗的尾字或者尾字的同音字为首字，接龙写出正确诗句，答对 1 句加 1 分，答错即遭淘汰。

9. 关键词成诗(出口成诗)。选手须在 150 秒的时间内，说出与大屏幕上 12 个关键词相关联的 12 联诗句。

10. 合纵连横题。现场设置一排格子(排列分布可联想数独)，里面暗藏 15 句诗或词，选手猜拳决定答题权，通过格子字的暗示或者主持人的提示来猜出是哪一句诗或词，猜对 1 句可得 1 分，猜对了可以一直往下答题，答错不扣分，但答题权会移交另一方。

**举例：**

1. 触景生句题(挑灯觅句)。根据情景要求，说出一联诗句，经主考官和名师团评定后选出最佳。

**例 1** 街头偶遇多年未见的初恋，电光火石之间千言万语汇成一句唐诗。

**参考答案**:何当共剪西窗烛,却话巴山夜雨时。

——李商隐《夜雨寄北》

天长地久有时尽,此恨绵绵无绝期。 ——白居易《长恨歌》

此情可待成追忆,只是当时已惘然。 ——李商隐《锦瑟》

侯门一入深如海,从此萧郎是路人。 ——崔郊《赠去婢》

……

答案不固定,从选手所给的答案中,由评委选出最佳答案。

**例 2** 过年了,领导在群里发了一个大红包,而自己只抢到一分钱,请用一联诗词形容你此刻的心情。

**参考答案**:冷冷清清,凄凄惨惨戚戚。

——李清照《声声慢·寻寻觅觅》

归去,也无风雨也无晴。

——苏轼《定风波·莫听穿林打叶声》

卷土重来未可知。 ——杜牧《题乌江亭》

……

2. 诗意理解选择题。

**例 1** 以下哪两句诗感叹时间都去哪儿了?

A. 青春留不住,白发自然生。

B. 白日放歌须纵酒,青春作伴好还乡。

C. 青春岂不惜,行乐非所欲。

**答案**:A

**解析**:“青春留不住,白发自然生”是杜牧《送友人》中的诗句。青春不再,白发悄然生长,诗人不禁发出时间流逝的感慨。“白日放歌须纵酒,青春作伴好还乡”是杜甫《闻官军收河南河北》中的诗句。当时安史之乱结束,诗人听到此消息后十分欢喜,于是,在这一晴朗的日子放声高歌,痛饮美酒,让明丽的春天景色伴他返乡。

"青春岂不惜,行乐非所欲"是文天祥《山中感兴三首》中的诗句。意思是:青春当然应该珍惜,但寻欢作乐不能全由自己想法去做,意为珍惜青春时光。比较三首诗,只有A项是感叹时间流逝的诗句。

**例2** 请问以下哪一联诗句,展现了中国古人对海底世界的想象?

A. 鲛人泪滴珊瑚枝,通身擎出青琉璃。

B. 嫦娥应悔偷灵药,碧海青天夜夜心。

C. 青冥浩荡不见底,日月照耀金银台。

**答案**:A

**解析**:"鲛人泪滴珊瑚枝,通身擎出青琉璃"是方岳《木稼》中的诗句。鲛人是中国古代神话传说中鱼尾人身的神秘生物,珊瑚也是海洋里的生物,鲛人滴下的眼泪能变成珍珠,这些都反映了诗人对海底世界的想象。"嫦娥应悔偷灵药,碧海青天夜夜心"是李商隐《嫦娥》中的诗句。嫦娥也许会后悔当年偷了不死灵药,如今只能对着碧海蓝天,夜夜感到孤独。诗人是借嫦娥在月中的孤寂表达自己的孤寂之感,其中不掺杂对海底世界的想象。"青冥浩荡不见底,日月照耀金银台"是李白《梦游天姥吟留别》中的诗句。天空广阔远大,看不到尽头,日月照耀着金银铸成的宫阙。"金银台"指神仙居住的地方,所以,这一联诗句是诗人对仙山盛会的想象,而不是对海底世界的想象。故此题选A。

**例3** 下列诗句中哪一项描述了"铁索横江"之景?

A. 大渡桥横铁索寒。

B. 铁索沉沉截碧江。

C. 铜雀春深锁二乔。

**答案**:B

**解析**:"大渡桥横铁索寒"是毛泽东《七律·长征》中的诗句。

大渡河上高悬的铁索，不免让人寒意阵阵。“大渡桥”指的是四川省大渡河上的由十三根铁索组成的泸定桥，泸定桥是河上的铁索，而不是江上的铁索。“铁索沉沉截碧江”是毛国英《投岳侯》中的诗句，指的是三国时东吴为了防止晋军顺江而下，在长江险要处以铁链横锁江面。“铜雀春深锁二乔”是杜牧《赤壁》中的诗句。此处的“锁”并不是具体的锁，而是“禁闭”“禁锢”的意思。故此题选 B。

3. 场景选择题。根据题意选出正确的场景。

**例 1** 请问以下哪个场景是符合抚琴之礼的？

A. 观雨兴起，焚香抚琴。

B. 江中行舟，对饮抚琴。

**答案**：B

**解析**：古人对琴十分尊重，所以在弹琴时对环境和听众都有很高的要求。首先，要身处雅致的环境中；其次，弹琴时最好有知音相伴。所以，选项 A 中的观雨抚琴不符合抚琴之礼。

4. 句意理解与背诵题。限定某位诗人的某首诗，考查对诗句句意的理解和带有某字、某词的诗句简单背诵。

**例 1** 说出杜甫《绝句》(迟日江山丽)一诗中带有“动物”的古诗句。

**答案**：泥融飞**燕子**，沙暖睡**鸳鸯**。

**例 2** 说出白居易《花非花》中带有“花”字的诗句。

**答案**：**花**非**花**，雾非雾。

**例 3** “千锤万凿出深山，烈火焚烧若等闲”吟咏的是什么？

**答案**：石灰。

**解析**：“千锤万凿出深山，烈火焚烧若等闲”是于谦《石灰吟》中的诗句，诗人借石灰表现自己的高洁理想。石灰只有经过无数次锤击才能从深山中开凿出来，烈火焚烧对它来说是一件很平常的事情。这也象征着志士仁人不惧困难，不怕牺牲的精神。

**例4** 鱼玄机婚姻遭受不幸后，写下了哪两句诉说爱情艰难与痛苦的名句？

**答案**：易求无价宝，难得有情郎。

**解析**：鱼玄机是唐代四大女诗人之一，与当时的著名文人温庭筠是忘年交，追求温庭筠未果，却在温庭筠的撮合下嫁给了李亿为妾。后因李亿夫人不容，被送于京郊咸宜观为道士。鱼玄机虽为道士，但心中并未放下李亿，希望俩人能早日团聚，希望破灭后，便怀着绝望的心情写下此诗。鱼玄机在这首诗中诉说了追求爱情的艰难和痛苦，也写出了古代被抛弃女子的怨恨。

5. 竹简知识记忆题。大屏幕呈现100个竹简，每个竹简后都有一个诗词知识，给选手2分钟的时间记忆，2分钟后将竹简翻回，关主随机指出竹简编号，选手说出竹简后面的知识。

**解析**：此题考验选手的瞬间记忆力。大屏幕上呈现的竹简后面都有一条简短的信息，或为诗人的字号，或为某联诗，或为某首诗的名字，等等。选手有2分钟的时间进行记忆，说出词条信息数量多的选手获胜。针对此类题型，选手应先大体浏览一遍，先选择自己熟悉的信息进行记忆，然后再选择字数较少的词条进行记忆，最后再选择生疏但却易记的信息进行记忆。主持人叫停后，选手按照记忆顺序进行反向作答，先说生疏易记的内容，再说字数较少的词条，最后说自己早已烂熟于心的竹简信息。除此之外选手应注意语速，快速作答，争取说出更多的信息。

6. 填言觅语题（填空题）。填写诗句中空缺的字，按键作答。

**例1** 陆游《诉衷情》中“此生谁料，心在天山，身老□□”，请填出空格内容。

**答案**:沧洲。

**解析**:此题既考验背诵,也考验易错字的书写。在平时学习诗词时,要多采用读写结合的方法,既要扩充自己的诗词储备量,还要勤动笔。

7. 刻不容缓题。在 200 秒内,3 位选手轮流背诗,答对 1 题得 1 分,3 人得分之和为该战队总分。

**例 1** 张籍《节妇吟》"恨不相逢未嫁时"的上一句是什么?

**答案**:还君明珠双泪垂。

**例 2** 王翰《凉州词二首・其一》带动物名的一句是什么?

**答案**:欲饮琵琶**马**上催。

8. 诗词接龙题。选手轮流答题,以上一句诗的尾字或者尾字的同音字为首字,接龙写出正确诗句。答对一句加一分,答错即遭淘汰。

**例 1** 春城无处不飞**花**。 ——韩翃《寒食》

**花**非**花**。 ——白居易《花非花》

**花**间一壶**酒**。 ——李白《月下独酌四首》(其一)

**酒**入愁**肠**。 ——范仲淹《苏幕遮・怀旧》

**肠**中车轮**转**。 ——佚名《悲歌》

**转**轴拨弦三两**声**。 ——白居易《琵琶行》

**生**当作人**杰**。 ——李清照《夏日绝句》

**节**物风光不相**待**。 ——卢照邻《长安古意》

**待**到重阳**日**。 ——孟浩然《过故人庄》

**日**色欲尽花含**烟**。 ——李白《长相思》(其二)

**烟**笼寒水月笼**沙**。 ——杜牧《泊秦淮》

……

例2 天下谁人不识君。 ——高适《别董大》

君自故乡来。 ——王维《杂诗三首》(其二)

来日绮窗前。 ——王维《杂诗三首》(其二)

前不见古人。 ——陈子昂《登幽州台歌》

人生得意须尽欢。 ——李白《将进酒》

欢笑情如旧。 ——韦应物《淮上喜会梁州故人》

旧时王谢堂前燕。 ——刘禹锡《乌衣巷》

燕子来时新社。 ——晏殊《破阵子·春景》

舍南舍北皆春水。 ——杜甫《客至》

水光潋滟晴方好。 ——苏轼《饮湖上初晴后雨二首》(其二)

好雨知时节。 ——杜甫《春夜喜雨》

结庐在人境。 ——陶渊明《饮酒二十首》(其五)

竟无语凝噎。 ——柳永《雨霖铃·寒蝉凄切》

……

9. 关键词成诗(出口成诗)。选手须在150秒的时间内,说出与大屏幕上12个关键词相关联的12联诗句。

例1 关键词"金樽"。

答案:人生得意须尽欢,莫使金樽空对月。 ——李白《将进酒》

例2 关键词为"爆竹"。

答案:爆竹声中一岁除,春风送暖入屠苏。 ——王安石《元日》

例3 关键词为"长江"。

答案:孤帆远影碧空尽,唯见长江天际流。

——李白《黄鹤楼送孟浩然之广陵》

10. 合纵连横题。现场设置一排格子(排列分布可联想数独),里面暗藏15句诗或词,选手猜拳决定答题权,通过格子字的暗示或者主持人的提示来猜出是哪一句诗或词，猜对1句可得1分，猜对了可以一直往下答题，答错不扣分，答题权会移交另一方。

**例1** 一列格子中有个“暮”字，主持人提示为“这一句和一位将军打猎有关”。

**答案**：千里暮云平。 ——王维《观猎》

## 二、题型分析

诗意理解题和背诵记忆题不同于前面的炼字题，选手是在对整首诗进行理解的基础上进行作答，主要是对整首诗的诗意、意境、诗情的把握，选手不能在局部理解的基础上作出判断。通过总结不同类型的背诵记忆题后不难发现，虽然节目出题类型多样，但本质上都是对诗词储备量的考查，变式的目的就是考查选手对诗词的敏锐度，选手要通过单个字捕捉到整句诗词和整首诗，打乱顺序加上限时作答更是考验选手的应变能力和心理素质。此类题型难度较大，也对诗词爱好者进行了多角度的考查。

## 三、答题技巧

情景代入题，参赛者可由诗词当时的创作背景联系现实场景进行作答。根据诗意提示背诵诗句题，选手若是对诗意有所了解，可以直接作答，若是不了解，便可根据提示中的某个关键字词进行作答，因为一般提示中会有1—2个指向性较为明确的提示。背诵题分主题背诵、关键字词背诵，若是接龙式的淘汰赛，选手可从自己的诗词储备中进行调取。总之，从近年来的竞赛类诗词节目中不难发现，节目组重视选手对诗词的整体把握能力，淡化对诗词的片面理解和单纯的背诵，这让我们意识到，在以后的诗词学习中，要理解诗词、走近诗人，不做简单的诗词背诵机器。

# 第十三节　线索题

## 一、解题

线索题可从电视诗词竞赛中归纳为以下九类。以下例题、题型简介、例句皆来源于节目组，非原创，仅供读者参考。

1. 根据现场给予的提示，选手猜出内容。

2. 棋思妙想题。主持人出一个主题，这个主题或为某位诗人，或为某句诗。节目组预先找了100位大学生，围绕主题提出很多关键词，以此建立一个关键词库。主持人说出主题后，两个人轮流说出自己脑海中的关键词。若在此题库中，则为正确，每次可得1分，答错不得分，记过1次，如果有3次失误，直接出局，如果所有关键词都答完了，则得分多者获胜。前36个关键词摆在棋盘后面，得分者则拥有该棋子，占棋子多者为胜。

3. 孤注一掷题(压分答题)。每位选手有30分的基础分，每次出题时，主持人会说一个提示，选手根据提示压相应的分数，若答对会加上相应的分数，若答错，会扣掉相应的分数，总共6题，答完6道题后，分数最低者淘汰出局。

4. 出双入对题。3位选手每人16张卡牌，每张卡牌有一个诗词知识点，各自先将相关联的知识点两两配对出牌，之后，依次与队友配对出牌，配对正确加1分，直到有两人的卡牌全部扔出，比赛结束。

5. 泪眼相对题。3位选手轮流答题，凭借记忆，将8组诗词知识归组，每成功配对一组得3分，出现错误扣1分，直到所有知识点被翻出。

6. 线索题。主持人念出题面后，将会有几个线索，每条线索的指向性逐一增强，分别对应不同的分值，所有线索都集中指向一个谜底。主持人描述线索的过程中，选手可以抢答，若在 10 秒内回答正确，将获得相应的分数，若回答错误，将会失去在这个题目上的抢答权。

7. 对号入座题。将诗词与画作、作者、城市名、水果、季节、人物、植物、活动、动物、地名、写作地点、物品、字体、食物、典故等对应。

8. 文字线索题。根据出示的线索提示，猜出谜底。

9. 词条关联题。题板上每 4 个词条可以关联一位人物，选手通过接力的形式，选择一个词条关联一个人物。

**举例：**

1. 根据现场给予的提示，选手猜出内容。

**例 1** 提示词为“词人”“貌丑”，请问这个人是谁？

**答案**：贺铸（《青玉案》）。

**解析**：贺铸相貌奇丑，他面色青黑如铁，眉目耸拔，人称“贺鬼头”。但他才气逼人，《青玉案》中的名句“试问闲情都几许？一川烟草，满城风絮，梅子黄时雨”便是出于他手。

**例 2** “剑客”“钓鳌”“捞月”“吉尔吉斯斯坦”“谪仙人”，请问这个人是谁？

**答案**：李白。

**解析**：李白，字太白，号青莲居士，又号“谪仙人”。李白出生于安西都护府的碎叶城，碎叶城在今天的吉尔吉斯斯坦托克马克一带，也是丝绸之路的要冲。李白还是个身手不错的剑客，魏颢曾说他“少任侠，手刃数人”，李白自己也曾说过“十步杀一人，千里不留行”，虽言语略有夸张，但从中不难看出李白是个剑客。“钓鳌”出自李白的《赠薛校书》中的诗句“未夸观涛作，空郁钓鳌心”，李白借此感叹自己壮志未酬。野史中曾说李白是捞月溺水而死，一直以来学界对李白的死因也有争议，“捞月”一词便是来源于此。

**例 3** “臣十天前就做过这样的题目，有草稿在，请另选试题。”请问说的是哪位诗人的故事？

**答案**：晏殊。

**解析**：宋代沈括的《梦溪笔谈》中有载：“晏元献公为童子时，张文节荐之于朝廷，召至阙下。适值帝御试进士，便令公就试。公一见试题。曰：臣十日前已作此赋，有赋草尚在，乞别命题。上极爱其不隐。”晏殊少年时，张知白以神童的名义把他推荐给朝廷，召至殿下时，正赶上皇帝亲自考试进士，便命晏殊做试题。晏殊见到试题后，便告诉皇帝自己十天前就已经做过这样的题目，还留有草稿，请皇帝另选试题进行测试。皇帝很喜欢他的诚实。

**例 4** 山水诗的开创者，被鲍照评价为“谢五言如初发芙蓉，自然可爱”的诗人是谁？

**答案**：谢灵运

**解析**：谢灵运是全力创作山水诗的第一位诗人，山水诗的繁荣和山水田园诗派的出现都与谢灵运有关。由“山水诗的开创者”这一关键信息可推断出谢灵运，再结合鲍照评价中的“谢五言”可以确定答案。

2. 棋思妙想题。主持人出一个主题，这个主题或为某位诗人或为某句诗。节目组预先找了 100 位大学生，围绕主题提出很多关键词，以此建立一个关键词库。主持人说出主题后，两个人轮流说出自己脑海中的关键词。若在此题库中，则为正确，每次可得 1 分，答错不得分，记过 1 次，如果有 3 次失误，直接出局，如果所有关键词都答完了，则得分多者获胜。前 36 个关键词摆在棋盘后面，得分者则拥有该棋子，占棋子多者为胜。

**例 1** 主题为苏轼。

**参考答案**:东坡、北宋、豪放、词人、美食家、赤壁、念奴娇、水调歌头、苏门四学士、江城子、黄州等。

**解析**:此类题型是以关键词为主线进行设计的。一方面考查选手的知识储备,另一方面考查选手的信息关联能力。在作答此类题型时,选手尽可能先说简单的信息,再说一些比较艰深的关键词。这种作答方式一方面可以为自己夺分,另一方面也可以给对手施加压力,为自己赢得机会。

题目:说到苏轼,你会联想到什么?

| | | | | | | | |
|---|---|---|---|---|---|---|---|
| | ● | | ● | ○ | ○ | 江城子 | |
| | ● | | ● | ○ | | ○ | |
| ○ | | 豪放派代表 | | ○ | ● | | ○ |
| | ● | | ○ | 词人、美食家 | | 苏东坡居士 | |
| ● | | ● | ● | | ● | ○ | |
| ● | | ● | | 北宋人 | | ○ | ● |
| | ○ | ○ | ● | | ○ | | 赤壁 |
| | | ○ | | | ● | | |

3. 孤注一掷题(压分答题)。每位选手有 30 分的基础分,每次出题主持人会说一个提示,选手根据提示压相应的分数,若答对会加上相应的分数,若答错,会扣掉相应的分数,总共 6 题,答完 6 道题后,分数最低者淘汰出局。根据对错,给予或者扣除选手相应的分数。

**例 1** 主持人提示第一道题和气象有关,选手进行压分,压分结束后进行答题。

假如用“应是天仙狂醉，乱把白云揉碎”来预报天气，请问当时的天气状况是什么？

**答案**：下雪。

**解析**：“应是天仙狂醉，乱把白云揉碎”是李白《清平乐·画堂晨起》中的词句。词的开头写道：“画堂晨起，来报雪花坠。”这是诗人晨起看见漫天飞舞的雪花时，有感而作。由此可见，当时正在下雪。

4. 出双入对题。三位选手每人 16 张卡牌，每张卡牌有一个诗词知识点，各自先将相关联的知识点两两配对出牌，之后，依次与队友配对出牌，配对正确加 1 分，直到有两人的卡牌全部扔出，比赛结束。



例 1　卡牌“深藏身与名”与卡牌“李白”配对。

例 2　卡牌“白居易”与卡牌“小蛮腰”配对。

**解析**：“事了拂衣去，深藏身与名”是李白《侠客行》中的诗句。樊素和小蛮是白居易的家姬，因白居易的诗“樱桃樊素口，杨柳小蛮腰”而得名。

另附卡牌示例：

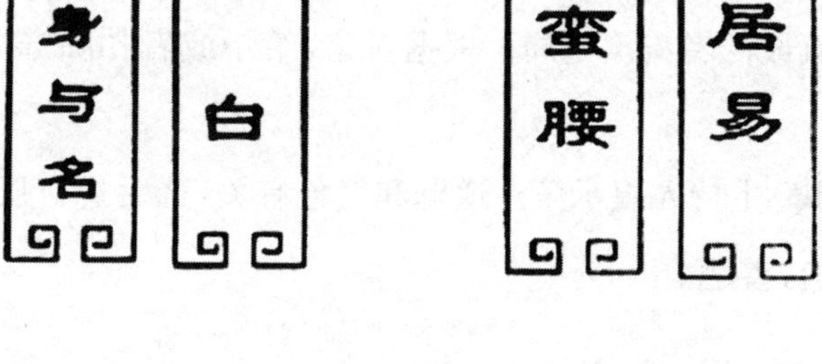

5. 泪眼相对题。3 位选手轮流答题，凭借记忆，将 8 组诗词知识归组，每成功配对一组得 3 分，出现错误扣 1 分，直到所有知识点被翻出。

例如：

| | | | |
|---|---|---|---|
| 1. 绿绮琴 | 2. 人生若只如初见 | 3. 沈园重逢 | 4. 汤显祖 |
| 5. 王勃 | 6. 苦吟诗人 | 7. 易安居士 | 8. 犬子 |
| 9.《牡丹亭》 | 10. 东床快婿 | 11.《檄英王鸡》 | 12. 松下问童子 |
| 13. 有暗香盈袖 | 14. 陆游 | 15. 诗奴 | 16. 归来堂 |
| 17. 纳兰性德 | 18. 一字千金 | 19. 良辰美景奈何天 | 20.《饮水词》 |
| 21. 洗砚池 | 22. 司马相如 | 23. 王羲之 | 24. 打虎诗人 |

**答案**：第一组：1. 绿绮琴—8. 犬子—22. 司马相如

第二组：2. 人生若只如初相见—17. 纳兰性德—20.《饮水词》

第三组：3. 沈园重逢—14. 陆游—24. 打虎诗人

第四组：4. 汤显祖—9.《牡丹亭》—19. 良辰美景奈何天

第五组：5. 王勃—11.《檄英王鸡》—18. 一字千金

第六组：6. 苦吟诗人—12. 松下问童子—15. 诗奴

第七组：7. 易安居士—13. 有暗香盈袖—16. 归来堂

第八组：10. 东床快婿—21. 洗砚池—23. 王羲之

**解析**：例如第一组。司马迁《史记》中记载，司马相如"少时好读书，学击剑，故其亲名之曰'犬子'"。司马相如的父母为了小儿好养活，便唤司马相如为"犬子"，后来司马相如长大后自己改了名字。司马相如曾为梁王写过一篇《如玉赋》，梁王十分喜欢，便把自己收藏的绿绮琴赠予司马相如。其他组以此类推。

6. 线索题。具体有根据线索说出一联名句、诗名、词名、书名、诗人、成语、节日、典故、历史人物、文化符号、风景名胜、历史事件、植物、动物、乐器、活动等。

**例 1** 回答一位唐代诗人的名字：

(1) 初唐诗文革新人物之一。(60 分)

(2) 成语“伯玉毁琴”的由来人物。(40 分)

(3) 其诗风骨峥嵘，寓意深远，一革齐梁之绮丽。(20 分)

(4) 被尊称为“诗骨”。(10 分)

**答案**：陈子昂。

**解析**：陈子昂，字伯玉，初唐诗文革新人物之一，被誉为“诗骨”。陈子昂的诗，风骨峥嵘，寓意深远，苍劲有力。“伯玉毁琴”就是陈子昂自我营销的一个故事：陈子昂在街上花很多钱买了一张琴，跟围观的人说，明天什么时候你们到哪个酒楼来听我弹琴。第二天，大家都去了，结果他把琴给摔了，这样一来围观的人就更多了。结果他碎了琴之后，掏出自己写的诗书，分发给众人，大家一看，这人好有才华，陈子昂从此名声大噪。陈子昂可以被称为“唐代最会炒作的一位诗人”。在唐代科举考试之前，你要想方设法让主考官或者达官贵人认识自己，不然可能就要名落孙山。

**例 2** 根据线索猜一位词人名字：

(1) 出于苏轼门下，而与苏轼齐名。(60 分)

(2) 能诗能词兼善行草书法。(40 分)

(3) 开创了江西诗派。(20 分)

**答案**：黄庭坚。





**解析**：黄庭坚，字鲁直，号山谷道人、涪翁，世称黄山谷、黄太史，是江西诗派开山之祖。黄庭坚的书法独树一格，自成一家，他和北宋书法家苏轼、米芾和蔡襄齐名，世称为“宋四家”。黄庭坚是苏轼身边的诗人当中成就最高的。黄庭坚写诗很讲究法度，别人追随他就可以入门，可以模仿，有一种门路可循。所以黄庭坚开创的江西诗派成为很兴盛、很有作为的一个流派。而且他提倡点铁成金，提倡要创新求变，所以黄庭坚的诗也有人诟病，认为他过于生硬，过于奇险。但是到了老年之后，他的这种求新求变又变得成熟，变得没有痕迹了。

**例3** 根据以下线索，答出古代文人姓名：

(1) 四川人。(60分)

(2) 唐宋八大家之一。(40分)

(3) 晚年终日读书著述，默坐参禅，自号"颍滨遗老"。(20分)

(4) 苏东坡评其文"其文如其为人，故汪洋澹泊，有一唱三叹之声，而其秀杰之气终不可没"。(10分)

**答案**：苏辙(东坡弟)。

**解析**：苏辙，字子由，晚号颍滨遗老。眉州眉山(今属四川)人。"唐宋八大家"之一。苏轼评其弟"子由之文实胜仆，而世俗不知，乃以为不如。其人深，不愿人知之。其文如其为人，故汪洋澹泊，有一唱三叹之声，而其秀杰之气终不可没"。

**例4** 根据以下线索猜一部作品：

(1) 它是除了《圣经》以外被译成外国文学发布量最多的文化名著。(60分)

(2) 乃"内圣外王"之学，文意深奥，包涵广博，被誉为"万经之王"。(40分)

(3) 是中国古代先秦诸子分家前的一部著作，为诸子所共仰，是道家哲学思想的重要来源。(20分)

(4) 作者是李耳，以哲学意义之"道德"为纲宗，论述修身、治国、用兵、养生之道。(10分)

**答案**：《老子》或《道德经》或《五千言》。

**解析**：《老子》，又名《道德经》，是老子的哲学作品，是中国古代先秦诸子分家前的一部著作，是道家哲学思想的主要来源。《道德经》以哲学意义的"道德"为纲宗，论述修身、治国、养兵、养生之道，是"内圣外王"之学，文意深奥，包涵广博，被誉为"万经之王"。据联合国教科文组织统计，《道德经》是除了《圣经》以外被译成外国文字发布量最多的文化名著。

**例 5** 根据以下线索猜一个地名：

(1) 宋范成大曾在此作《锦亭然烛观海棠》。(60 分)

(2) 杜甫晚年的居住地。(40 分)

(3) 别称"锦官城"。(20 分)

**答案**：成都。

**解析**：杜甫晚年住在成都，曾在此写过很多诗，其中便有诗句"晓看红湿处，花重锦官城"。范成大曾在此作诗《锦亭然烛观海棠》，其中有诗句"从今胜绝西园夜，压尽锦官城里花"。汉朝时成都蜀锦织造业便已经十分发达，朝廷在成都设有专管织锦的官员，因此成都被称为"锦官城"。

**例 6** 根据以下诗句，说出一个传统节日：

(1) 月上柳梢头，人约黄昏后。(60 分)

(2) 火树银花合，星桥铁锁开。(40 分)

(3) 众里寻他千百度，蓦然回首，那人却在，灯火阑珊处。(20 分)

(4) 今夜元月时，月与灯依旧。(10 分)

**答案**：元宵节。

**解析**：元宵节，也叫上元节。古时候，青年男女谈恋爱的机会往往都是在元宵节。因为那个时候，官方允许人们在元宵节这一夜出去游玩、观灯。在这种背景下，男女可以自由结识、恋爱。其实元宵节才是我们传统的情人节，所以才会有辛弃疾的"众里寻他千百度"、欧阳修的"月上柳梢头，人约黄昏后"等吟咏爱情的词句。

7. 对号入座题。将诗词与画作、作者、城市名、水果、季节、人物、植物、活动、动物、地名、写作地点、物品、字体、食物、典故等对应。

例 1

**题目：**

| 请将三首古诗词与它们的作者对应起来 | | |
|---|---|---|
| 惊涛拍岸 | 九万里风鹏正举 | 直挂云帆济沧海 |
| 李白 | 苏轼 | 李清照 |

**答案：**

| | | |
|---|---|---|
| 惊涛拍岸 | 九万里风鹏正举 | 直挂云帆济沧海 |
| 苏轼 | 李清照 | 李白 |

**解析：**“乱石穿空，惊涛拍岸，卷起千堆雪”是苏轼《念奴娇·赤壁怀古》中的词句。“我报路长嗟日暮，学诗谩有惊人句。九万里风鹏正举”是李清照《渔家傲·天接云涛连晓雾》中的词句。“长风破浪会有时，直挂云帆济沧海”是李白《行路难》中的诗句。

例 2

**题目：**

| 请将下列诗句中的“桥”与城市名对号入座 | | |
|---|---|---|
| 十里长街市井连，<br>月明桥上看神仙。 | 西山白雪三城戍，<br>南浦清江万里桥。 | 朝来灞水桥边问，<br>未抵青袍送玉珂。 |
| 成都 | 长安 | 扬州 |

**答案：**

| | | |
|---|---|---|
| 十里长街市井连，<br>月明桥上看神仙。 | 西山白雪三城戍，<br>南浦清江万里桥。 | 朝来灞水桥边问，<br>未抵青袍送玉珂。 |
| 扬州 | 成都 | 长安 |

**解析**：“十里长街市井连，月明桥上看神仙”是张祜《纵游淮南》中的诗句。其中“丨里长街”是当时扬州城内最繁华的大街。“西山白雪三城戍，南浦清江万里桥”是杜甫《野望》中的诗句。其中“万里桥”在成都城南。三国时，诸葛亮曾在此设宴送费祎出使东吴，费祎叹曰：“万里之行，始于此桥。”万里桥由此得名。“朝来灞水桥边问，未抵青袍送玉珂”是李商隐《泪》中的诗句。其中，“灞桥”在长安市东灞水上，是出入长安的要道，唐人常将此作为饯行之地。灞水是渭河支流，流经长安东，入渭河。

**例 3**

**题目**：

| 请将以下诗句与水果对号入座 | | |
|---|---|---|
| 荔枝 | 樱桃 | 西瓜 |
| 鸟偷飞处衔将火，<br>人摘争时蹋破珠。 | 多自淮乡得，<br>天然碧玉团。 | 水晶细嚼甜于蜜，<br>满口生香玉露溥。 |

**答案**：

| 荔枝 | 樱桃 | 西瓜 |
|---|---|---|
| 水晶细嚼甜于蜜，<br>满口生香玉露溥。 | 鸟偷飞处衔将火，<br>人摘争时蹋破珠。 | 多自淮乡得，<br>天然碧玉团。 |

**解析**：“鸟偷飞处衔将火，人摘争时蹋破珠”是白居易《吴樱桃》中的诗句。此诗句写的是樱桃。“多自淮乡得，天然碧玉团”是顾逢《西瓜》中的诗句。此诗句写的是西瓜。“水晶细嚼甜于蜜，满口生香玉露溥”是张昱《荔枝画》中的诗句。此诗句写的是荔枝。作答此类题时，不能仅通过节目组提供的诗句提示寻找线索，要在回忆整首诗的基础上作答。

**例 4**

**题目**：

| 请将以下诗句与所属季节对号入座 | | |
|---|---|---|
| 冲天香阵透长安，<br>满城尽带黄金甲。 | 梨花院落溶溶月，<br>柳絮池塘淡淡风。 | 升堂坐阶新雨足，<br>芭蕉叶大栀子肥。 |
| 春 | 夏 | 秋 |

**答案**：

| | | |
|---|---|---|
| 梨花院落溶溶月，<br>柳絮池塘淡淡风。 | 升堂坐阶新雨足，<br>芭蕉叶大栀子肥。 | 冲天香阵透长安，<br>满城尽带黄金甲。 |
| 春 | 夏 | 秋 |

**解析**：“待到秋来九月八，我花开后百花杀。冲天香阵透长安，满城尽带黄金甲”是黄巢的《不第后赋菊》诗。其中“九月八”指九月九日重阳节，重阳节有登高赏菊的风俗，此处说“九月八”是为了押韵。所以，此诗句对应季节为秋。“梨花院落溶溶月，柳絮池塘淡淡风。几日寂寥伤酒后，一番萧索禁烟中”是晏殊《寓意》中的诗句。因清明前一到两天为寒食节，在那天需要禁火，吃冷食，所以诗句中出现了“禁烟”一词。所以，此诗句对应季节为春。“升堂坐阶新雨足，芭蕉叶大栀子肥”是韩愈《山石》中的诗句。“新雨”指刚下过的雨，芭蕉喜温暖、潮湿的环境，由此可以推断，此诗句对应的季节为夏。在作答此类题时，若能根据几联诗句提供的关键信息推断出结果，便可以进行作答；若是诗句提供的信息有限，就回忆整首诗，从中寻找思路。

**例 5**

**题目**：

| 请将以下诗句与三国人物对号入座 | | |
| --- | --- | --- |
| 羽扇纶巾，谈笑间，樯橹灰飞烟灭。 | 伯仲之间见伊吕，指挥若定失萧曹。 | 魏武挥鞭，东临碣石有遗篇。 |
| 诸葛亮 | 曹操 | 周瑜 |

**答案**：

| | | |
| --- | --- | --- |
| 伯仲之间见伊吕，指挥若定失萧曹。 | 魏武挥鞭，东临碣石有遗篇。 | 羽扇纶巾，谈笑间，樯橹灰飞烟灭。 |
| 诸葛亮 | 曹操 | 周瑜 |

**解析**："羽扇纶巾，谈笑间，樯橹灰飞烟灭"是苏轼《念奴娇·赤壁怀古》中的词句。此句指的是周瑜指挥的赤壁之战，周瑜采用了火攻水战的计策，赢得整场战争的胜利。"伯仲之间见伊吕，指挥若定失萧曹"是杜甫《咏怀古迹五首》中的诗句。"萧曹"指的是萧何、曹参，而整首诗是杜甫为追忆诸葛亮而作。"往事越千年，魏武挥鞭，东临碣石有遗篇"是毛泽东《浪淘沙·北戴河》中的词句。"魏武"指曹操。曹操死后，曹丕追封其为魏武侯。

**例 6**

**题目**：

| 将下列诗句与现代的地名对号入座 | | |
| --- | --- | --- |
| 赤甲白盐俱刺天，闾阎缭绕接山巅。 | 晴川历历汉阳树，芳草萋萋鹦鹉洲。 | 朱雀桥边野草花，乌衣巷口夕阳斜。 |
| 南京 | 奉节 | 武汉 |

**答案**：

| | | |
|---|---|---|
| 朱雀桥边野草花，<br>乌衣巷口夕阳斜。 | 赤甲白盐俱刺天，<br>闾阎缭绕接山巅。 | 晴川历历汉阳树，<br>芳草萋萋鹦鹉洲。 |
| 南京 | 奉节 | 武汉 |

**解析**："赤甲白盐俱刺天，闾阎缭绕接山巅"是杜甫《夔州歌十绝句》中的诗句。"赤甲"指的是赤甲山，赤甲山属巫山山脉，在今重庆奉节县东长江北岸。"晴川历历汉阳树，芳草萋萋鹦鹉洲"是崔颢《黄鹤楼》中的诗句。黄鹤楼是湖北省武汉市的标志性建筑。"朱雀桥边野草花，乌衣巷口夕阳斜"是刘禹锡《乌衣巷》中的诗句。"乌衣巷"是中国历史上最悠久的、最著名的古巷，位于今天的南京市。作答此题既可以根据诗句中提供的关键信息进行推导，也可以回忆整首诗进行作答。

**例 7**

**题目**：

| 请将以下诗词分别与典故人物相对应 | | |
|---|---|---|
| 浊酒一杯家万里，<br>燕然未勒归无计。 | 长桥题柱去，<br>犹是未达时。 | 时来天地皆同力，<br>运去英雄不自由。 |
| 司马相如 | 诸葛亮 | 窦宪 |

**答案**：

| | | |
|---|---|---|
| 长桥题柱去，<br>犹是未达时。 | 时来天地皆同力，<br>运去英雄不自由。 | 浊酒一杯家万里，<br>燕然未勒归无计。 |
| 司马相如 | 诸葛亮 | 窦宪 |

**解析**："浊酒一杯家万里，燕然未勒归无计"是范仲淹《渔家傲·秋思》中的词句。句中的"燕然未勒"指战事未平，功名未立。与之有关的人物则是窦宪，据《后汉书·窦宪传》记载，东汉窦宪率兵追击匈奴单于，去塞三千余里，登燕然山，刻石勒功而还。"长桥

题柱去，犹是未达时”是岑参《升仙桥》中的诗句。东晋《华阳国志·蜀志》记载：“（成都）城北十里有升仙桥，有送客观，司马相如初入长安，题市门曰：‘不乘赤车驷马，不过汝下。’”升仙桥因司马相如的题字而闻名。所以，与此诗句有关的人物为司马相如。“时来天地皆同力，远去英雄不自由”是罗隐《筹笔驿》中的诗句。据《方舆胜览》载：“筹笔驿在绵州绵谷县北九十九里，蜀诸葛武侯出师，尝驻军筹划于此。”所以，筹笔驿与诸葛亮有关。此类题型与地理、历史有关，所以在作答时应多方考量。

8. 文字线索题。根据出示的线索提示，猜出谜底。

**例1** 根据以下线索，说出一种植物。

(1) 唐诗宋词中多次吟咏。

(2) 人们常用它的叶子形容女子的眉毛修长美丽。

(3) 古人送别时，常折下它的枝条。

(4) 碧玉妆成一树高，万条垂下绿丝绦。

**答案**：柳。

**解析**：为什么送别的时候要折柳，因为“柳”和“留”是谐音，表示对送别友人亲人的一种留念。在唐代、宋代的时候便形成了这种风俗，所以诗人在写送别时，常常会写到柳树。“渭城朝雨浥轻尘，客舍青青柳色新”“碧玉妆成一树高，万条垂下绿丝绦”这样的名句里面，也会经常写到柳树。“柳”的本义是柳树，后来“柳”添加了离别留念的内涵，人们也会用“柳叶眉”形容女子细长的眉毛。

**例2** 根据以下线索，回答一个历史人物。

(1) 出生在下相，也就是江苏的宿迁。

(2) 力拔山兮气盖世，时不利兮骓不逝。

(3) 江东子弟多才俊，卷土重来未可知。

(4) 力能扛鼎。

**答案**:项羽。

**解析**:项羽,周王族诸侯国项国后代,泗水郡下相县(今江苏省宿迁市)人。“力拔山兮气盖世,时不利兮骓不逝”是项羽自己写的一首诗《垓下歌》。“力能扛鼎”中的“扛鼎”是司马迁《史记》里面对项羽的记载,“长八尺余,力能扛鼎,才气过人”。“江东子弟多才俊,卷土重来未可知”是杜牧《题乌江亭》中的诗句,他设想若项羽回江东重振旗鼓,那么楚汉之争的输赢就很难说了。

**例3** 根据以下线索,说出一位古代名人的名字。

(1) 这是一位女诗人。

(2) 与汉代的班昭、蔡琰等人成为中国古代才女的代表人物。

(3) 是王羲之之子王凝之的妻子。

(4) 有咏絮之才。

**答案**:谢道韫。

**解析**:谢道韫是魏晋时期江左高门王家的儿媳、谢家的侄女,被国学大师余嘉锡称为“女中名士”,与汉代的班昭、蔡琰等人齐名。她凭借“未若柳絮因风起”的咏雪故事,人称“咏絮之才”。

**例4** 根据以下线索,说出一位古代文人的名字。

(1) 婉约派词人。

(2) 其词被称赞为“有鲍、谢清新之致”。

(3) 被苏轼称呼为“山抹微云君”。

(4) 苏门四学士之一。

**答案**:秦观。

**解析**:秦观,字少游,号淮海居士,北宋婉约派词人。王安石称赞秦观的诗歌“清新似鲍、谢”。秦观以“山抹微云,天粘衰草”句闻名,苏轼给弟子取了一个绰号“山抹微云君”。随后,苏轼又把秦观和柳永并列,称为“山抹微云秦学士,露花倒影柳屯田”。秦观与黄庭坚、晁补之、张耒合称“苏门四学士”。

**例 5** 根据以下线索猜一位名人。

(1) 一生未仕。

(2) 善于创调。

(3) 有《点绛唇》词云:数峰清苦,商略黄昏雨。

**答案**:姜夔。

**解析**:姜夔,字尧章,号白石道人。他少年孤贫,屡试不第,一生未仕,靠朋友接济为生。姜夔在词的方面极富创造力,他善于创调,这个调是曲调词牌。姜夔一生创了七十几个词牌,对后世影响较大。姜夔在路过吴松时,曾有感而发,写下这首《点绛唇》:“燕雁无心,太湖西畔随云去。数峰清苦,商略黄昏雨。第四桥边,拟共天随住。今何许。凭阑怀古,残柳参差舞。”

**例 6** 请根据以下线索说出一条河流。

(1) 等闲平地起波澜。

(2) 春来江水绿如蓝。

(3) 数声风笛离亭晚。

(4) 明月何时照我还。

**答案**:长江。

**解析**:刘禹锡《竹枝词》中有诗句“长恨人心不如水,等闲平地起波澜”。怨恨人心不及这江水,无缘无故也会起波澜。刘禹锡坐船到瞿塘峡时,有感而作此诗。瞿塘峡是长江三峡之一,形势极为险要,有“瞿唐天下险”之称。“日出江花红胜火,春来江水绿如蓝”是白居易《忆江南》中的词句。这里所指的江南主要是长江下游的江浙一带。“扬子江头杨柳春,杨花愁杀渡江人。数声风笛离亭晚,君向潇湘我向秦”是郑谷《淮上与友人别》中的诗句。扬子江是长江从南京以下至入海口的下游河段的旧称,也是长江在江苏镇江、扬州一带的干流。“京口瓜洲一水间，钟山只隔数重山。春风又绿江南岸，明月何时照我还”是王安石《泊船瓜洲》中的诗句。瓜洲在长江北岸、扬州南郊，在今扬州市南部长江边和京杭运河分支入江处。所以，四个选项都与长江有关，可以根据这四条线索回答出长江。

9. 词条关联题。题板上每 4 个词条可以关联一位人物，选手通过接力的形式，选择一个词条关联一个人物。

例 1 李清照：《如梦令》、易安居士、千古第一才女、载不动许多愁。

**解析**：李清照，号易安居士，婉约词派代表，有“千古第一才女”之称。主要作品有《声声慢·寻寻觅觅》《一剪梅·红藕香残玉簟秋》《武陵春·春晚》《如梦令·常记溪亭日暮》《夏日绝句》等等。李清照《武陵春·春晚》中有诗句“只恐双溪舴艋舟，载不动许多愁”。

例 2 王羲之：书成换白鹅、兰亭、天下第一行书、书圣。

**解析**：王羲之，字逸少，有“书圣”之称。王羲之，善书法，与钟繇并称“钟王”，与其子王献之合称“二王”。永和九年，王羲之组织兰亭集会，他写的《兰亭集序》被称为“天下第一行书”。王羲之很喜欢鹅，有一次外出时，看到一群鹅，后得知这群鹅是一位道士养的，便想从道士那里买下这群鹅。道士提出只要王羲之手抄一部《道德经》(一说是《黄庭经》)，便把鹅送给他，这便成就了“写经换鹅”的佳话。跟王羲之有关的轶事典故还有“入木三分”“竹扇题字”等。

## 二、题型分析

线索题出题角度较杂，会涉及人、事、物、时间、名胜等各个方面，是全面考验参赛者文学素养和知识储备的一类题型，也是难度较大的一类题型。此类题型的线索提示中有一明显特点，就是在众多的线索提示中会有一到两个指向性很明显的提示。参赛者在众多的提示中也会找到自己熟悉的一到两项，此类题型虽有明确指向性却也掺杂模糊性，在抢答模式下，选手往往会根据自己的第一选择走，有些根深蒂固的想法也会凌驾在正确的选项之上，在这种情况下，选手出错的概率比往常还要大。作答此类题型时，需要参赛者耐心地从提示中推导，优先选择自己把握较大的提示推导，最终结合多个提示得出最终答案。总之，此类题型是考查参赛者对诗词的理解程度，也考查选手的推理逻辑能力和随机应变能力。

### 三、答题技巧

解答线索题时，需要选手将节目组提供的线索进行排序，优先以自己把握较大的线索为依据进行思考，再结合把握不是很大的提示进行推敲求证，最终选出答案。线索题是对知识储备和逻辑推理能力的双重考查，若是按部就班进行，效果可能不如优化推理来得理想。建议参赛者在作答时先稳住心态，优先按现有知识进行推理，再以模糊性的提示作为辅助认证，逐步靠近最后答案。在以后的诗词学习中，我们也应寻找诗词间的联系，全面地学习诗词，不应仅局限于单独的篇目。





## 第十四节　手写题

### 一、例题

写出诗句中所缺的字，考查书写字词的能力。

**例 1** “求之不得，□□思服。”请补全空格的字。

**答案**：寤寐。

**解析**：“窈窕淑女，寤寐求之。求之不得，寤寐思服”是《关雎》中的诗句。

**例 2** “鸟宿池边树，僧□月下门。”请补全空格的字。

**答案**：敲。

**解析**：“鸟宿池边树，僧敲月下门”是贾岛《题李凝幽居》中的诗句。

**例 3** “月上□梢头，人约黄昏后。”请补全空格的字。

**答案**：柳。

**解析**：“月上柳梢头，人约黄昏后”是欧阳修《生查子·元夕》中的词句。

**例 4** “李白乘舟将欲行，忽闻岸上□歌声。”请补全空格的字。

**答案**：踏。

**解析**：“李白乘舟将欲行，忽闻岸上踏歌声。桃花潭水深千尺，不及汪伦送我情”是李白《赠汪伦》中的诗句。

## 二、题型分析

此类题型主要是针对现今社会存在提笔忘字的情况设计的，诗词学习是一个读、写、背的过程。在手机、计算机取代手写的过程中，很多人出现了会认汉字，但不会写的问题，脑海中对该字有模棱两可的印象，却又无法写出来，手写题正是针对这一现状进行设计的。此类题型是最基础的，但也是最容易出问题的，很多熟悉的字人们往往无法将之付诸笔端，加上比赛计时营造的紧张氛围，选手更容易出问题，少笔误笔的情况经常出现，有的甚至写下同音不同义的字。我们只要在观看节目时稍加留意，就不难发现自己也存在这一情况，进而帮助自己解决诗词书写问题。

### 三、答题技巧

此类手写题较为简单，学习者在平时加以留意，多提笔练习，即可改善这一情况。现场参赛者若是对此字熟悉，可直接作答，若是不熟悉，可先写下自己脑海中对此字的部分印象，然后再根据字义进行猜测。这种答题方法只适合投机，不可作为学习方法使用。在之后学习诗词的过程中，要读写结合，多提笔、多练习，以改善提笔忘字的情况。



## 第十五节　纠错题

### 一、例题

现场呈现一位著名诗人、词人的生平，选手从这段话中找出错误并纠正。

**例 1**　苏辙是**南宋(改为北宋)**著名文学家、诗人，他和父亲苏洵、哥哥苏轼都位列“唐宋八大家”中，苏辙虽然关心政治，却在经历种种波折后，隐居著述，不谈时事，自号**“庆湖遗老”(改为颍滨遗老)**。尽管屡遭贬谪，却也曾官至尚书右丞、门下侍郎，总算没有辜负一身的才学志向，他和苏轼关系非常好，兄弟俩经常用诗词唱和交流，就连苏辙的“辙”字都是**苏轼(改为苏洵)**起的，可惜，**苏辙先于哥哥去世(改为苏辙晚于哥哥去世)**，兄弟俩连最后一面也没有见到。



### 二、题型分析

此类题型是判断题的一个变式，不同于判断题只需选手做出简单判断，此类题型既需要选手指出错误之处，也需要选手答出修改内容，是类似于填空题的一类题型，难度较判断题大，选手不能给出模棱两可的答案。此类题型主要考查选手对诗人或者词人生平资料的掌握程度，考查选手的基础知识，以运气答对此题的概率极小。所以，我们在以后的诗词学习中，要踏踏实实地学习，要夯实基础，不可在基础知识上出问题。

### 三、答题技巧

选手在作答此类题型时，可先根据自己的预判说出有几处错误，再根据错处进行改正。参赛者注意要先改正自己把握大的错误内容，再改正自己把握不是很大的错误内容，以免开始频频出错，导致心理慌张，进而影响后面的判断。

## 第十六节　团队默契题

### 一、题型

团队默契题可从电视诗词竞赛中归纳为以下五类。注意以下例题、题型简介、例句皆来源于节目组，非原创，仅供读者参考。

1. 描述猜题。一人描述，一人猜，描述过程中不得出现题目中的汉字和同音字。在限定时间内猜出答案。出题角度可为成语、诗句、书名、诗人、词人、历史人物、典故、植物、动物、节日、地点等。

2. 默契度题。考验家庭成员的默契度，该环节没有标准答案，关键在于两个人是否给出了同样的选择。

3. 你说我猜题。两人上场，其中一人可使用肢体和语言描述所给诗词，另一人猜诗词，描述语言不能与题面中的任何字重合。

4. 心领神会题。一人提示，一人猜，提示者只能说出两个字，每题有5次提示机会，第一次提示未答出答案，第二次提示答出，分值由5分变为4分，依次递减。

5. 诗词三人行题。三位选手同时答题，每题只有三人全部答对的情况下，才能为本队获得3分。

**举例：**

1. 描述猜题。一人描述，一人猜，描述过程中不得出现题目中的汉字和同音字。在限定时间内猜出答案。出题角度可为成语、诗句、书名、诗人、词人、历史人物、典故、植物、动物、节日、地点等。

**例1** 秦时明月汉时关。

**解析**：一人提示："万里长征人未还"的上一句。

另一人回答：秦时明月汉时关。

在一人提示后，另一人若无法作答，也可以选择"过"，即不作答此题。

**例2** 乌衣巷。

**解析**：一人提示：什么口夕阳斜？

另一人回答：乌衣巷。

在一人提示后，另一人若无法作答，也可以选择"过"，即不作答此题。

**例3** 遍插茱萸少一人。

**解析**：一人提示：《九月九日忆山东兄弟》的最后一句。

另一人回答：遍插茱萸少一人。

在一人提示后，另一人若无法作答，也可以选择"过"，即不作答此题。

**例4** 孟浩然。

**解析**：一人提示：送谁之广陵。

另一人回答：孟浩然。

在一人提示后，另一人若无法作答，也可以选择“过”，即不作答此题。

例 5　春望。

**解析**：一人提示：杜甫写的；什么夏秋冬。另将手放在头顶，头微抬，做出“望”的姿态。

一人回答：春望。

在一人提示后，另一人若无法作答，也可以选择“过”，即不作答此题。

2. 默契度题。考验家庭成员的默契度，该环节没有标准答案，关键在于两个人是否给出了同样的选择。

例 1　下列哪项水果，是奶奶爱吃的？

A. 苜蓿随天马，葡萄逐汉臣。

B. 压架藤花重，团枝杏子稠。

C. 碧蔓凌霜卧软沙，年来处处食西瓜。

两人共同选择的是 A。

**解析**：孙子在作答此题时说：“因为奶奶喜欢吃苹果、桃子、葡萄，但选项中没有苹果、桃子这两个选项。所以，我选择了葡萄。”

奶奶也选择了葡萄。起初她担心孙子会选自己爱吃的西瓜，但最终孙子跟她选择了一样的选项。

此题主要考验成员间的默契度，只要成员之间互相了解，作答此题并不难。

3. 你说我猜题。两人上场，其中一人可使用肢体和语言描述所给诗词，另一人猜诗词，描述语言不能与题面中的任何字重合。

例1 出题为“举杯邀明月，对影成三人”。

**解析**：一人描述“李白讲喝酒”。在搭档回答错误后，提示“继续往下走”。

另一人起初回答“花间一壶酒，独酌无相亲”，后来回答“举杯邀明月，对影成三人”。最终第二次回答正确。

例2 出题为“独坐幽篁里，弹琴复长啸”。

**解析**：一人描述“王维”“深林人不知，明月来相照。前面的两句”。

一人回答“独坐幽篁里，弹琴复长啸”。

作答此题时，提示的一方要尽可能给出指向性明确的信息，并在搭档答错后，继续予以引导，最终两人共同完成作答。

4. 心领神会题。一人提示，一人猜，提示者只能说出两个字，每一题有 5 次提示机会，第一次提示未答出答案，第二次提示答出，分值由 5 分变为 4 分，依次递减。

例1 提示词：成都、乐器。

**答案**：锦城丝管日纷纷。

**解析**：“锦城丝管日纷纷，半入江风半入云”是杜甫《赠花卿》中的诗句。“锦城”指锦官城，此处指成都。“丝管”指弦乐器和管乐器，这里泛指音乐。结合两条提示可得此诗句，作答此题的关键在于选手对诗句的熟悉程度，越熟悉答对的概率越大。

例2 提示词：落英、随波。

**答案**：花自飘零水自流。

**解析**：“花自飘零水自流，一种相思，两处闲愁”是李清照《一剪梅·红藕香残玉簟秋》中的词句。花孤独地飘零，水独自流淌。这句诗写出了落花流水的无奈和伤感。

**例 3** 提示词：新娘、攻克、回家、古国。

**答案**：不破楼兰终不还。

**解析**："黄沙百战穿金甲，不破楼兰终不还"是王昌龄《从军行七首》（其四）中的诗句。

大漠风沙、频繁的战斗磨穿了将士的铠甲，但他们壮志不灭，不击退敌人誓不还乡。征战虽苦，但英雄本色不减。

**例 4** **提示**：梅花、傍晚、气味。

**答案**：暗香浮动月黄昏。

**解析**："疏影横斜水清浅，暗香浮动月黄昏"是林逋《山园小梅》中的诗句。此联诗句是从梅的姿态和香气上表现梅花的淡雅。诗句中的"暗香""黄昏"便对应提示词中的"傍晚""气味"。此类题型主要考查选手对诗句的理解和对整首诗的把握。

**例 5** **提示**：醉卧、李白。

**答案**：长安市上酒家眠。

**解析**："长安市上酒家眠。天子呼来不上船，自称臣是酒中仙"是杜甫《饮中八仙歌》中的诗句。范传正《李公新墓碑》中载，玄宗泛舟白莲池，召李白来写文章，而这时李白已在翰林院喝醉了，玄宗就命高力士扶他上船来见。此联诗句写出了李白不畏权贵的性格特点。

5. 诗词三人行题。三位选手同时答题，每题只有三人全部答对的情况下，才能为本队获得 3 分。

**例 1** 范成大《四时田园杂兴》中的孩子们的工作是什么？

**答案**：学种瓜（也傍桑阴学种瓜）。

**解析**："童孙未解供耕织，也傍桑阴学种瓜"是范成大《四时田园杂兴》中的诗句。孩子们在桑树底下学种瓜。通过此联诗句，便可得出答案。

**例 2** “白日登山望烽火，黄昏饮马傍交河”出自李颀的《古从军行》，请问这首诗的最后两句提到了哪种水果？

A. 葡萄　　B. 荔枝　　C. 柑橘

**答案**：A

**解析**：“年年战骨埋荒外，空见蒲桃入汉家”是李颀《古从军行》的最后一联诗句。诗中的“蒲桃”也就是今天的葡萄。

## 二、题型分析

此类题型主要是考查团队的默契程度。此类题型只会在团体赛中有所涉及，是对选手的知识储备和团队默契的双重考查。

## 三、答题技巧

在作答此类题型时，首先要考虑成员间的默契程度，所以在知识储备量差不多的情况下，排兵布阵显得尤为重要。建议团队在组合成员时，或选择相处时间较久的成员组成一组，或临时组队提前排练，以增加默契度。

# 第三章　诗歌发展

诗歌，是东方之美的承载，是中华文化不可或缺的一部分。中国是一个诗歌的国度，诗歌反映了中国人的文化传统、思维方法、审美和情感方式，契合了中国人的精神需求。它好似调皮的精灵总能在人生失意、困顿的时候给予你希望和鼓励，它是天空中的那轮明月，当你奔波忙碌时可能习焉不察，但当你放缓脚步或者孤独无依时，它总能给予你美的享受和精神慰藉。

我国目前发现最早的诗歌是《弹歌》，其文云："断竹，续竹；飞土，逐宍。"这是先民在逐猎时创作的诗歌，既是言事，也可从捕猎的劳作描述中看到先民发现猎物的激动和欣喜。诗歌在诞生之初就具有言事和传情的功用，这一特点到了"诗三百"则已经十分明显了，并在以后诗歌的传承和发展中被固定了下来。"言事"在发展过程中则细分为"讽谏"和"怨刺"，"传情"则不再仅限于自身单一的情感，而扩大为一种审美和价值追求。

溯源诗骚，中华民族的诗歌史，源远流长。在漫长的历史长河之中，涌现了一批杰出的诗人，诞生了一批不朽的佳作，异彩纷呈，现在让我们回眸历史，共览诗歌迭代。

# 第一节 先秦两汉诗歌

先秦文学是中国文学的源头，以《诗经》《楚辞》为代表构成了先秦诗歌的辉煌大厦。《诗经》原名“诗”，共收入西周初年至春秋中期大约五百年间的诗歌305篇，因而又称“诗三百”。另外又有6篇有目无文的诗，称为“笙诗”。《诗经》的编订一般认为是周天子为了考察各地风俗民情，派官员进行采诗汇编而成；也有些诗歌是地方向中央提供的，即献诗。其在汉代被尊为经典，因有《诗经》之称。

《诗经》是我国第一部诗歌总集，在体制上分风、雅、颂三大部分。风是十五国风，即周南、召南、邶、鄘、卫、王、郑、齐、魏、唐、秦、陈、桧、曹、豳等十五个地方。国风是周朝各个地方的乐调，是带有地方色彩的民歌，主题为歌唱爱情、赞美劳动、揭露现实，是《诗经》中极具艺术性的一部分，共160篇。雅即正，指朝廷正乐，西周王畿的乐调，分为大雅和小雅。大雅31篇是西周的作品，大部分作于西周初期，小部分作于西周末期。小雅共74篇，除少数篇目可能是东周作品外，其余都是西周晚期的作品。大雅的作者，主要是上层贵族；小雅的作者，既有上层贵族，也有下层贵族和地位低微者。颂是宗庙祭祀之乐，许多都是舞曲，音乐可能比较舒缓。周颂31篇，产生于西周初期，每篇只有一章。鲁颂4篇，产生于春秋中叶，都是颂美鲁僖公之作。商颂5篇，约为殷商中后期的作品。《那》《烈祖》《玄鸟》是祭歌，主要写歌舞娱神和对祖先的赞颂。《长发》《殷武》可能是祝颂诗，主要写商部族的历史传说和神话。《诗经》中的作品，最初主要用于典礼、讽谏和娱乐，是周代礼乐文化的重要组成部分，是实行教化的重要工具。编辑成书后，广泛流行于诸侯各国，用于祭祀、朝聘、宴饮等各种场合，在当时的政治、外交活动中，发挥了重要作用。

《诗经》内容十分丰富，有祭祖颂歌和周族史诗，如周族史诗《生民》《公刘》《绵》《皇矣》《大明》五篇作品，赞颂了后稷、公刘、太王、王季、文王、武王的业绩，反映了西周开国的历史。农事诗，祭祀乐歌如《臣工》《噫嘻》《丰年》《载芟》《良耜》等，真实地记录了与周人农业生产相关的宗教活动和风俗礼制。《七月》是风诗中最长的一篇，共 8 章 88 句，380 字，叙述了农夫一年间的艰苦劳动过程和他们的生活情况。燕飨诗，产生于西周初期，以君臣、亲朋欢聚宴享为主要内容，反映了周初社会的繁荣、和谐、融洽和上层社会的欢乐和睦，如《鹿鸣》。怨刺诗，主要保存在"二雅"和国风中，被后人称为"变风""变雅"，如《正月》《硕鼠》等。战争徭役诗，如《采薇》《伯兮》等。婚姻爱情诗，在《诗经》中占有很大比重，主要集中在国风中，既有反映男女相慕相恋、相思相爱的情歌，也有反映婚嫁场面、家庭生活等的婚姻家庭诗，还有表现不幸婚姻给妇女带来痛苦的弃妇诗，是《诗经》中最精彩动人的篇章。

《诗经》在艺术上，以赋、比、兴为主要创作手法，开启了我国古代诗歌创作的基本手法。句式以四言为主，四句独立成章，其间杂有二言至八言不等，节奏感很强，韵律整齐。四字句节奏鲜明而略显短促，重章叠句和双声叠韵读来又显得回环往复，舒卷徐缓。语言形象生动，丰富多彩，往往能"以少总多"，"情貌无遗"。

如果说《诗经》是现实主义文学的代表，那么与之相对的楚辞，则是产生在南方楚地的浪漫主义杰作。"楚辞"本意是楚地的歌辞。这一词汇最早见于《史记·酷吏列传》。战国后期，以屈原为代表的楚国文人在《诗经》以及楚国民歌、巫歌的基础上，创造了一种具有楚国地方特色的诗歌，在形式上与北方诗歌有较明显的区别，故后世称之为“楚辞”。西汉末，刘向把屈原、宋玉和汉人的模拟之作，编成《楚辞》一书，“楚辞”又成了一部诗歌总集的名称。另外，由于楚辞和汉代赋作之间的渊源关系，屈原作品又有“屈赋”之称。屈原的《离骚》是楚辞的杰出代表作，是作者带有自传性质的一首长篇抒情诗。全诗共370多句，近2500字。“离骚”二字，司马迁认为是遭受忧患的意思（《史记·屈原贾生列传》中说：“离骚者，犹离忧也。”）。其写作年代一般认为是在屈原离开郢都往汉北之时。《离骚》反映了屈原对楚国黑暗腐朽政治的愤慨，和他热爱国家愿为之效力而不可得的悲痛心情，也抒发了自己遭到不公平待遇的哀怨。其主旨是爱国和忠君，和宗族感情连在一起，关切楚国现实。《离骚》塑造了一个坚贞高洁的抒情主人公的光辉形象：对理想执着追求，珍视有限的时间，充满探求的热情和功业未就的焦虑，表现出奋发自励、苏世独立的人格和不屈的斗争精神。“香草美人”意象构成了一个复杂而巧妙的象征比喻系统，使得诗歌蕴藉而且生动。全诗缠绵悱恻，感情十分强烈，诗人的苦闷、哀伤不可遏制地反复迸发，形成了回旋复沓的特点。作品吸收大量楚地方言，带有浓郁的地方色彩和生活气息，增强了诗歌的形象性和生动性。屈原的其他作品，还有《九歌》《天问》《九章》等。屈原砥砺不懈、特立独行的节操，以及在逆境中敢于坚持真理、反抗黑暗统治的精神，鼓舞并感召了后世无数的仁人志士，培养了中国士人主动承担历史责任的勇气，为中国文化增添了一股深沉而刚烈之气。同时，屈赋艺术的浪漫气质与象征手法对后世的文学创作有重大影响，堪称“逸响伟辞，卓绝一世”。《诗经》与楚辞构成了中国文学的两大源头，《诗经》中的“国风”与楚辞中的《离骚》并称“风骚”，常被当作文学的代名词，足见其影响之深远。

汉代诗歌的成就以乐府诗和文人五言诗为代表。所谓乐府诗是指两汉时期由朝廷乐府系统或相当于乐府职能的音乐管理机关搜集、保存而流传下来的诗歌。作者涵盖了从帝王到平民各阶层，上作于庙堂，下采自民间，文人也曾参与创作。西汉的音乐管理部门有太乐和乐府。太乐主管郊庙之乐，乐府执掌天子及朝廷平时所用的乐章，以楚声为主。最初用楚声演唱的乐府诗是《安世房中歌》17 章。武帝时期，乐府的职能进一步强化，除了组织文人创作朝廷所用的歌诗外，还广泛搜集各地歌谣。东汉管理音乐的机关改为太予乐署和黄门鼓吹署，后者实际发挥着西汉乐府的作用，搜集、演唱乐府诗歌并加以保存。魏晋至隋唐，乐府的含义发生了变化，它不再仅是音乐官署的名称。人们把这种音乐官署所采集的诗篇——汉人原来叫“歌诗”的，以及后世文人的模仿之作也称作“乐府”，以和未曾合乐的“徒诗”相区别。于是“乐府”一词又引申为一种诗体名称。两汉乐府诗内容丰富，既有贫富悬殊、苦乐不均的深刻揭示，也有对男女两性之间的爱与恨作直接的袒露和表白，亦有强烈的乐生恶死愿望的表达。两汉乐府诗在表现人世间的苦与乐、两性关系的爱与恨时，受《诗经》影响较深，有国风、小雅的余韵；而在抒发乐生恶死愿望时，主要是继承楚文化的传统，是《庄》《骚》的遗响。两汉乐府叙事诗，创作主体“感于哀乐、缘事而发”，叙事详略得当，题材丰富广阔，人物形象栩栩如生。汉乐府诗是我国诗体发展中一个承上启下的特殊阶段，它呈现出诗歌在打破先秦古老诗体之后新兴诗体定型之前的不稳定状态。它的出现，标志中国古代叙事诗的成熟。

两汉乐府诗对中国古代诗歌样式的嬗革起到了积极的推动作用，实现了由四言诗向杂言诗和五言诗的过渡。现存东汉文人最早的完整五言诗是班固的《咏史》，该诗以写纪传体史书的手法，按时间先后依次道来，以叙事为主，用词质朴，渲染修饰成分很少。东汉文人五言诗以《占诗十九首》为杰出代表。《古诗十九首》被南朝梁萧统编入《文选》，非一时一地所作，其基本内容主要抒发游子的羁旅情怀和思妇闺愁，以及失意之士的不平之鸣和忧生之嗟。漂泊不定的生活使诗人们在诸多方面产生痛苦的体验和独特的感受，诗中透彻地揭示出许多具有深邃意蕴的人生哲理，诗意盎然而又不乏思辨色彩。像“人生天地间，忽如远行客”“不惜歌者少，但惜知音稀”“迢迢牵牛星，皎皎河汉女”皆为名句。《诗品》评曰：“文温以丽，意悲而远，惊心动魄，可谓几乎一字千金。”它代表了汉代文人五言诗的最高成就。

## 第二节　魏晋南北朝诗歌

建安时期是文学走向自觉的时代。这一时期，文学从广义的学术中分化出来，成为独立的一个门类，人们对文学的各种体裁有了比较细致的区分，并对其体制和风格特点有了比较明确的认识，对文学的审美特性有了自觉的追求。建安文学是指东汉末年汉献帝建安年间到曹魏初年的文学，文坛以曹氏父子为中心，在他们周围集中了王粲、刘桢等一批文学家，其创作反映了时代的动乱，为中国诗歌打开了新的局面，并确立了“建安风骨”这一清峻慷慨、刚健有力的文风。



曹操古直悲凉，曹丕便娟婉约，曹植文采气骨兼备，“七子”竞逞才藻，各造新诗，都有鲜明的文学个性。曹氏父子的创作，完成了乐府民歌向文人徒诗的转变，为五言诗的发展开辟了道路。曹操继承汉乐府“感于哀乐，缘事而发”的精神，一部分诗反映了汉末战乱的现实和人民遭受的苦难，更多的则抒发政治主张和统一天下的雄心壮志。《蒿里行》被誉为“汉末实录”，“白骨露于野，千里无鸡鸣”将人民疾苦描写得淋漓尽致。他的《观沧海》是我国现存的第一首较为完整的山水诗。曹丕的诗歌创作长于个人情感的抒发，他对人生中凄凉情感的体验，超出了同时代的其他诗人。他的《燕歌行》是现存第一首成熟的七言诗，被誉为“七言之祖”。曹植的创作以建安二十五年为界，分为前后两期。前期诗歌主要歌唱理想和抱负，洋溢着乐观、浪漫的情调，对前途充满信心。后期诗歌主要表达由理想与现实的矛盾所激起的悲愤。他的诗作“骨气奇高，辞采华茂，情兼雅怨，体被文质”，既体现了《诗经》“哀而不伤”的庄雅，又蕴含着《楚辞》窈窕深邃的奇谲；既继承了汉乐府反映现实的笔力，又保留了《古诗十九首》温丽悲远的情调。曹植对五言诗的发展作出了杰出的贡献。

与“三曹”同时期的是“建安七子”，即孔融、陈琳、王粲、徐幹、阮瑀、应玚、刘桢。王粲的诗作多纪汉末战乱，写其羁旅之情和壮志难酬的感慨，感情深沉，慷慨悲壮，被刘勰许为“七子之冠冕”。此外，还有女诗人蔡琰的《悲愤诗》。建安诗歌被称为“建安风骨”，这一时期的诗歌高扬政治理想，表现强烈的个性，带有浓郁的悲剧色彩，具有“雅好慷慨”“志深笔长”“梗概多气”的特点。

正始时期的诗人，政治理想落潮，普遍出现危机感和幻灭感。诗歌多抒写个人忧愤，逐渐与玄理结合，诗风词旨渊永、寄托遥深。阮籍有《咏怀诗》八十二首，开创了中国文学史上政治抒情组诗的先河，内容或借古讽今，或借游仙讽刺世俗，或借写美人香草寓写怀抱。嵇康的诗以四言成就较高，风格清峻刚直。

两晋诗坛上承建安、正始，下启南朝，呈现出过渡状态。西晋诗坛以陆机、潘岳为代表，讲究形式，描写繁复，辞采华丽，诗风繁缛。左思的《咏史》诗，喊出了寒士的不平；郭璞的《游仙诗》借游仙写其坎壈之怀，文采富艳。东晋诗坛被玄风笼罩，以王羲之、孙绰、许询为代表的玄言诗人，作品缺少诗意，“理过其辞，淡乎寡味”。

两晋时期诗歌成就最高的诗人莫过于陶渊明。陶渊明，又名潜，字元亮，号五柳先生，浔阳柴桑（今江西九江附近）人。辞彭泽令，是其一生前后两期的分界线，此后坚定了隐居的决心，被誉为“千古隐逸之宗”。陶诗沿袭魏晋诗歌的古朴作风而进入更纯熟的境地，像一座里程碑标志着古朴的歌诗所能达到的高度。他成功地将“自然”提升为一种美的至境；将玄言诗注疏老庄所表达的玄理，改为日常生活中的哲理；使诗歌与日常生活相结合，并开创了田园诗这种新的题材。他的清高耿介、洒脱恬淡、质朴真率、淳厚善良，已然成为士大夫抒发人生理想、寄托生命情怀的载体，为后世的士大夫筑起了精神家园。



南北朝时期民歌得到极大的发展，绽放出耀眼的光芒。南朝民歌清丽缠绵，更多地反映了人民真挚纯洁的爱情生活；北朝民歌粗犷豪放，广泛地反映了北方动乱不安的社会现实和人民的生活风习。南朝民歌中的抒情长诗《西洲曲》和北朝民歌中的叙事长诗《木兰诗》，分别代表着南北朝民歌的最高成就。

南朝时期，山水诗出现。谢灵运的山水诗，不仅把诗歌从淡乎寡味的玄理中解放了出来，而且加强了诗歌的艺术技巧和表现力，并影响了一代诗风。南渡之后，士族地主阶层大造别墅，在秀美的山水之间过着登临吟啸的悠闲生活。晋宋之际，随着自然山水审美意识的不断浓厚，山水绘画及理论也应运而生。五言诗的成熟以及江南民歌中描写自然景物的艺术经验，为山水诗的产生做好了文学上的准备。山水诗的出现，不仅使山水成为独立的审美对象，为中国诗歌增加了一种题材，而且开启了南朝一代新的诗歌风貌，标志着人与自然进一步的沟通与和谐，一种新的自然审美观念和审美趣味的产生。鲍照的乐府诗在诗歌艺术上的探索与创新也有十分积极的意义。鲍照出身寒微，诗歌创作突出表现其建功立业的愿望和寒门之士备遭压抑的痛苦，充满对门阀社会的不满情绪与抗争精神，代表着寒士的强烈呼声。同时，鲍照模拟和学习乐府，发展了七言诗，创造了以七言体为主的歌行体，并以丰富的内容充实了七言体的形式，变逐句押韵为隔句押韵，同时还可以自由换韵，从而为七言体诗的发展开拓了宽广的道路。南朝齐永明年间，周颙发现汉语的四声，沈约将四声的知识运用到诗律上，并与谢朓、王融共同创立了“永明体”，试图建立比较严格的、声调和谐的诗律，并在词藻、用事、对偶等方面做了许多新的探索。其诗体特征为：句式渐趋于定型，以五言四句、八句为多，律句大量涌现，用韵严密，平仄相对的观念比较明确，但还没形成“粘”的概念。“永明体”的产生，使得诗歌在完善艺术形式美的进程中向前迈进了一大步，为后来律诗的形成奠定了基础。梁陈时期，南朝民歌进入宫廷，经统治者及宫廷文人的润色修改，宫廷艳情诗达到了高潮。这些诗歌称为“宫体诗”，内容上主要以宫廷生活为描写对象，具体的题材不外乎咏物与描写女性。情调上伤于轻艳，风格上比较柔靡缓弱，注重词藻、对偶与声律，语言风华流丽，对后来律诗的形成有着重要的推动作用，为唐代诗人提供了足资借鉴的艺术经验。

北朝的文坛以“北地三才”，即温子昇、邢绍、魏收为代表，呈现出“仿古”与“趋新”的发展方向。南北文风逐渐交融，庾信就是一位由南入北的诗人代表。他的一生以 42 岁出使西魏并从此流寓北地为标志，分前后两期。前期诗文主要是奉和、应制之作，题材贫乏，思想内容轻浅单薄。后期诗作多表现乡关之思。由南入北的经历，使庾信的艺术造诣达到“穷南北之胜”的高度，杜甫赞其“庾信文章老更成，凌云健笔意纵横”“庾信平生最萧瑟，暮年诗赋动江关”。

## 第三节 隋唐宋诗歌

隋朝的诗人队伍由北齐、北周旧臣和由梁、陈入隋的文人构成，前者是北朝诗风的代表，后者把南朝诗风直接带入隋朝。隋朝由于朝代短暂，成就相对不高，但统一的政治局面为唐代诗坛的辉煌繁荣奠定了基础。

唐代是一个文学全面繁荣的时代。唐朝国力的强大，为文化的发展创造了极为有利的环境。唐代是诗歌高度成熟的黄金时代。唐代诗歌数量多、精品多，诗人多、大家多。在唐代近三百年的时间里，留下了近五万首诗歌，独具风格的著名诗人大约有五六十人。唐代文学按时间大抵分为初、盛、中、晚四个时期。唐初九十年左右，是唐诗繁荣的准备阶段。唐高宗至武后初年间的王勃、杨炯、卢照邻、骆宾王四人，合称“初唐四杰”，其中卢、骆长于歌行，王、杨长于五律。他们有明确的审美追求：反对纤巧绮靡，提倡刚健骨气。他们努力摆脱齐梁诗风的影响，突破宫体诗的狭小范围，积极开拓诗歌的思想题材，对诗歌的格律形式也有所探索，诗中体现了壮大的气势和慷慨悲凉的感人力量。像王勃的“海内存知己，天涯若比邻”早已成为千古名句。在这一时期，沈佺期、宋之问等人在诗律方面精益求精，“回忌声病，约句准篇”，声律准确，对仗工整，对唐代律诗的发展作出了突出贡献，五律至此定型。陈子昂的诗歌创作和理论主张影响了有唐一代，他提出了“骨气端翔，音情顿挫,光英朗练”的诗美理想,对于唐诗的变革具有关键性的意义。张若虚的《春江花月夜》是初唐时期极为重要的作品,这是一首长篇歌行,采用的是乐府旧题,张若虚赋予了它全新的内容,将画意、诗情与对宇宙奥秘和人生哲理的体察融为一体,创造出情景交融、玲珑透彻的诗境。张若虚凭借《春江花月夜》奠定了他在诗歌史上的重要地位,《春江花月夜》亦享有“孤篇压全唐”的高度评价。

开元、天宝盛世,唐诗全面繁荣。山水田园诗派和边塞诗派是盛唐时期两大诗歌流派。山水田园诗的代表诗人有王维、孟浩然、储光羲、常建等。他们的诗歌以描绘自然山水和田园风光为主,表现了返璞归真、怡情养性的情趣,色彩淡雅,风格清新自然,意境淡远闲适,写景状物工致传神。其中王维的诗歌创造出“诗中有画,画中有诗”的静逸明秀诗境,兴象玲珑而难以句诠。边塞诗人以高适、岑参为代表,另有王昌龄、王之涣、李颀等。诗歌内容上大都描绘雄奇壮丽的边塞风光,抒写立功塞外的英雄壮志,歌颂将士不畏艰苦、抗敌御侮的爱国热情,同时也揭露了军中的苦乐不均,表现了战争给人民造成的痛苦,具有慷慨奇伟之美。李白是中国诗歌史上最为耀眼的诗人,世称“诗仙”。李白人格独立不羁,不受任何约束;性情率真狂诞,感情强烈奔放。他的诗歌创作侧重抒写豪迈气概和激昂情怀,很少对客观物象和具体事件做细致的描述,具有强烈的主观色彩。诗歌想象变幻莫测,往往发想无端,具有异乎寻常的衔接,随情思流动而变化万端。意象丰富,且离奇惝恍,纵横变幻,极尽才思敏捷之所能。语言风格清新明快,词语色调明丽爽朗,呈现出透明纯净而又绚丽夺目的光彩。李白在诗歌中表现出的人格力量和个性魅力,那“天生我材必有用”的非凡自信,那“安能摧眉折腰事权贵”的独立人格,那“戏万乘若僚友,视同列如草芥”的凛然风骨,那与自然合为冥一的潇洒风神,吸引了无数士人。

李白诗歌豪放飘逸的风格、变化莫测的想象、清水芙蓉的美，使后世诗人望尘莫及。

杜甫与李白合称“李杜”，是唐代诗歌的双子星。杜甫历经安史之乱，诗歌创作极具现实性。杜甫具有心怀天下的崇高人格和情系苍生的博大胸怀，他的诗写了安史之乱的许多重要事件和百姓在战争中承受的苦难，以深广生动、血肉饱满的形象，展现了战火中整个社会生活的广阔画面。他的诗因此被后人称为“诗史”。“三吏三别”是杜甫“诗史”的杰出代表。杜甫在乾元二年春写成的一组“即事名篇”的新乐府诗，分别为《新安吏》《潼关吏》《石壕吏》和《新婚别》《垂老别》《无家别》。这些诗篇真实全面地反映了安史之乱对国家和百姓造成的大破坏、大灾难。杜甫的律诗取得了极高的成就，他不仅扩大了律诗的题材范围，还写得极度工整，在炼字炼句上极具功夫。“晚节渐于诗律细”，杜甫写七律拗体，善于从严谨中求变化，变化多端而不离规矩。《秋兴八首》是杜甫律诗中的登峰造极之作，这组诗写于滞留夔州时期。挚友已先后离开人世，诗人仍旧漂泊沧江，疾病缠身。山城秋色，引发他的故园之思和对于京华岁月的怀念，回顾一生，感悟哲理。八首诗就在这一思想脉络上展开，一层深入一层，表现出了深沉复杂的感情，交错着感慨、回忆、思念以及对于时局的看法。杜甫的诗歌风格总体呈现“沉郁顿挫”的特质，他是一位集大成而又开后世的诗人，在宋代形成了声势浩大的学习杜甫诗歌的诗人群体，如江西诗派等。同时杜甫以其忧国忧民的爱国情怀，为历代士人所敬仰，对士人人格的形成有着不可估量的影响。中唐时期，还有韩孟诗派与元白诗派。韩孟诗派以韩愈、孟郊、卢仝、马异、刘叉等诗人为代表，提倡诗歌的“不平则鸣”与“笔补造化”，特别重视诗歌的抒情功能；崇尚雄奇怪异之美，主张用夸张的语言、险怪的词语造就奇特的意境；大胆创新，以散文化的章法、句法入诗，融叙述、议论为一体。其以丑为美、雄奇怪异对当时及后世影响巨大。元白诗派是以元稹、白居易、张籍、王建等诗人为代表的诗歌流派。他们提出重写实、尚通俗、强调讽喻的诗歌理论，自觉地向民歌学习，致力于通俗晓畅、指事明切的乐府诗的创作，在中唐诗坛产生轩然大波，反映了这一时期诗人已形成对通俗化审美的自觉追求。中唐时期，在白居易与元稹倡导下，一场以创作新题乐府诗为中心的诗歌革新运动开展起来。这场运动主张以新题写时事，注意发挥文学的社会作用。白居易有代表作《长恨歌》《琵琶行》。中唐时期还有刘禹锡和柳宗元两位大诗人。刘禹锡、柳宗元二人交情甚笃，才华相当，因二人生平多遭贬谪，诗歌内容多抒写内心的苦闷、哀怨，表现身处逆境而不肯降心辱志的执着精神。二人诗作又别具独特的风貌，刘禹锡的诗作饶有豪猛之气，大都简洁明快，风情俊爽，人称“诗豪”；柳宗元的诗作有着浓郁的幽清悲凉色彩，偏重于表达内心不可遏制的苦闷，表现出其孤傲高洁的心性。

长庆以后，诗歌题材多狭窄，写法多苦吟。晚唐写现实政治与社会生活题材的诗比重下降，诗歌所表现的热情也明显减退。诗人的情感由正面面向社会转向关注历史变迁，追求官能享受，咀嚼闲散生活的滋味，怀古咏史、爱情闺阁，以及吟咏士人日常生活的诗大量增加。成就较高的诗人有杜牧、李商隐，此外以贾岛、姚合为代表的“苦吟诗人”也值得关注。李商隐的诗歌着重表达内在的心灵世界，情调感伤，诗境朦胧，风格凄艳，语言华美。李商隐对无题诗的发展作出了重要贡献。

宋代诗歌在唐诗之外创建了又一美学范式。宋诗在题材选取上向日常生活倾斜，选材角度渐趋世俗化。宋诗总体风格以平淡为美，追求一种超越雕琢绚烂的老成之美。严羽在《沧浪诗话》中评价宋诗称："以文字为诗，以议论为诗，以才学为诗。"宋初的诗歌以学习白居易的"白体"，学习贾岛、姚合诗风的"晚唐体"和师法李商隐的"西昆体"为代表。北宋庆历前后，以欧阳修为首，梅尧臣、苏舜钦为代表，发起了一场变革诗文的运动。欧阳修主张文道并重，文从字顺，提出了"诗穷而后工"的诗歌理论；梅尧臣主张诗歌创作应做到"因事有所激，因物兴以通"。他们为北宋诗文的发展建立了正确的指导思想，开辟了广阔的前景。王安石也是北宋初期重要的诗人，他的早期诗歌注重反映社会现实，亦有思亲怀友的名作，咏史诗写得最为出色，对历史人物、事件表达新颖的看法，并抒发自己的政治感情，后期诗歌以写景抒情的绝句最有代表性，描写细致，修辞巧妙，韵味深永。苏轼是宋代伟大的诗人。苏轼学识渊博，思想通达，具有执着于人生而又超然物外的生命范式和坚定沉着、乐观旷达的精神，在逆境中照样保持浓郁的生活情趣和旺盛的创作活力。苏轼一生曾遭遇多次贬谪，他在《自题金山画像》中说："问汝平生功业，黄州惠州儋州。"贬谪生涯使苏轼更深刻地理解了社会和人生，也使他的创作更深刻地表现出内心的情感波澜。正是经历过人生的大磨难，才成就了苏轼人生的大风流，才有了苏轼"也无风雨也无晴"的坦荡胸襟。苏轼的诗歌始终把批判现实作为重要主题，深刻的人生思考表现出乐观旷达的精神。苏轼许多诗歌呈现出宋人注重哲理的成分，善于从生活事件中总结经验和规律，如《题西林壁》："不识庐山真面目，只缘身在此山中。"在艺术技巧上，比喻生动新奇，用典浑然天成，对仗既精工又活泼流动。苏轼诗歌风格兼收并蓄，阳刚之美与阴柔之美互相渗透、调节，呈现出"清雄"的风格。苏诗不但影响宋代诗歌，对明代的公安派诗人和清初的宋诗派诗人亦有重要的启迪。在苏轼周围的作家群中，黄庭坚的诗歌成就最为突出，他最终与苏轼齐名，二人并称"苏黄”。黄庭坚的诗歌多书卷气和生活气息，表现出求新求变的艺术风貌，声律奇俏，多用拗救。严羽《沧浪诗话·诗体》中称黄庭坚的诗作为“山谷体”。黄庭坚还发展出独特的诗歌理论，以“夺胎换骨”和“点铁成金”之说为代表。黄庭坚的诗学理论使后人有门径可循，江西诗派就是受其影响的一个重要的诗派。

进入到南宋之后，国家破亡，山河破碎，社会动荡，陆游及其爱国诗是这一时期的代表。陆游一生以报国为己任，爱国主题贯穿了陆诗创作的全程，成为陆游诗歌的灵魂与精华。陆游在去世前，动情地写下《示儿》：“死去元知万事空，但悲不见九州同。王师北定中原日，家祭无忘告乃翁。”该诗传达出诗人不见祖国统一的忧思与强烈的爱国情怀。陆诗以高扬爱国主题的黄钟大吕承担起振作诗风的历史使命，并对南宋后期诗歌产生了积极的影响。同时期的诗人还有杨万里、范成大、尤袤，与陆游一起并称“中兴四大诗人”。南宋末年文天祥的《过零丁洋》《正气歌》，表现了诗人的忠义情怀和英雄气概。金朝的元好问也是当时重要诗人，他的诗歌情感悲凉而骨力苍劲，直面国家灭亡、人民遭难的现实，具有深刻的历史之感。他的《论诗绝句三十首》是重要的诗学批评作品，相当全面地评论了自汉魏至宋末这一千多年间的重要诗人及诗派。

在诗之外，词这种文学样式出现在晚唐五代时期，在宋代成熟并绽放出耀眼的光芒，成为宋一代之文学。词这种文体，从孕育、萌生到词体初步建立，经历了一个较长的过程。从隋代到初盛唐，传世作品有限，创作呈偶发、散在的状态。到中唐，有张志和、韦应物、白居易、刘禹锡等较多诗人从事填词，这种文体的写作才从偶发走向自觉。词在唐五代时期通常称“曲子”或“曲子词”，在体制上，它有词调，多数分片，句式基本上为长短不齐的杂言，所配的是隋唐新起的燕（宴）乐。其乐曲主要是短小轻便的杂曲小唱。《花间集》是五代重要词集,是后蜀赵崇祚于广政三年编成,选录18位“诗客曲了词”,凡500首,这是最早的文人词总集。温庭筠被《花间集》列为首位,为“花间鼻祖”。温庭筠的词风格绮艳,多描写女性及闺阁场景。代表作有《菩萨蛮·小山重叠金明灭》。南唐后主李煜被誉为“千古词帝”,经历过破国亡家之后,李煜词多抒发亡国之痛与家国之思,出于本色而又情感强烈。李后主将词从描写小儿女之情上升到表达家国情怀的高度,对词的发展具有重要推进作用。王国维在《人间词话》中对其进行高度评价:“词至李后主,而眼界始大,感慨遂深,遂变伶工之词而为士大夫之词。”

宋代繁华的都市生活,滋生了各类以娱乐为目的的文艺形式,说话、杂剧、影剧、傀儡戏、诸宫调等艺术迅速兴起和发展,而词则成为宋代最引人注目的文学样式。宋代完成了词体建设,词的艺术手段日益成熟,在题材和风格上走向了广阔的领域。北宋前期的词坛,以晏殊、欧阳修为代表。晏殊被誉为“北宋倚声家初祖”,他的词继承五代以来以小令为主的文本体式和以柔情为主的题材取向、以柔软婉丽为美的审美规范。词的内容多写男女之间的相思爱恋和离愁别恨,与其身份地位相关,词的情感基调富贵闲雅。欧阳修的词具有因循求变的特点,进一步用词来表达内心的独特体验。他对词在朝着通俗化方向发展具有重要推动力,他借鉴和吸取民歌的表现手法,造就了其词清新明畅的艺术风格。欧阳修有歌咏颍州西湖的《采桑子》十首,是宋词史上主动向民歌学习的第一人。宋初范仲淹也对词境有所开拓,范仲淹独特的四年军旅生活,拓宽了他的艺术视野,范词通过塞外风光与边塞生活,为词世界开拓了新的审美内涵,同时也成为后来豪放词的滥觞。宋初词坛成就最高的仍属柳永。柳永,初名三变,字景庄,后改名永,字耆卿。官至屯田员外郎,世称“柳屯田”。柳永的词重在表现市民情调与市井生活，尤其对世俗女性与歌馆舞女以及北宋丰富的都市生活着墨甚多。柳永词具有雅俗兼善的特点，善于运用俚俗之语表现市井风情。代表作如《雨霖铃》《望海潮》等。柳永在词史上最大的贡献就是对慢词的发展与词调的丰富。柳永大力创作慢词，使慢词与小令两种体式平分秋色，同时扩大慢词的篇幅体制，扩充了内容涵量，提高了表现力。他还首创或首用了一百多种词调，完备了词的形式体制。柳永属于婉约风格的代表，苏轼则属于豪放风格的代表。苏轼继柳永之后对词体进行了较为全面的改革，使词最终突破“艳科”的束缚，提升了词的文学地位，词也迎来了全面发展的时期。苏轼的词，多抒发自我的真情实感与生活体验，表达对人生的思考，总体风格呈现出豪迈奔放、潇洒磊落的特质。苏轼的《念奴娇·赤壁怀古》《水调歌头·明月几时有》等都属于脍炙人口的名篇佳作。北宋中后期的词坛有以黄庭坚为代表的苏门词人群和周邦彦为代表的大晟词人群。周邦彦词在技法上取得了较高的成就，所谓“下字运意，皆有法度”。周邦彦词有章法严密、长于铺叙、精于化用前人诗句、音律和谐严密等特点。沈义父在《乐府指迷》中称：“凡作词当以清真为主。盖清真最为知音，且无一点市井气，下字运意，皆有法度，往往自唐宋诸贤诗句中来，而不用经史中生硬字面，此所以为冠绝也。”

李清照作为中国词史上举足轻重的女词人，对词的发展具有重要贡献，取得了较高的艺术成就。李清照的词风兼有“闺阁音”与“林下风”的特点，不仅比“男子作闺音”更亲切自然，又能在女性身份情感表达之外展现出强烈的家国之思。清代李调元在《雨村词话》中称其“不徒俯视巾帼，直欲压倒须眉”。李清照的一生，经历了宋室王朝由北入南的变迁。南渡之后的李清照，常以哀婉的腔调表达内心的伤痛，将个人与国家紧密结合在一起，加强了词的时代感与厚重感。李清照改变了男子一统文坛的传统局面，成为中国文学史上最富有创造力和艺术成就最高的女性作家。同时期的南渡词人还有张元干、岳飞等人。大将岳飞的《满江红》充满了战斗豪情，旋律激昂，是词史上振聋发聩的绝响。南宋最具代表性的词人是辛弃疾。辛弃疾的词境里，常塑造独一无二的英雄形象，表达复杂的内心世界，开拓心灵世界的深度与广度。辛词还有一部分以田园风光为内容，表现丰富多彩的乡村生活。在两宋词史上，辛弃疾的作品数量最多，成就、地位也极高。以辛弃疾为代表，词风豪放的辛派词人还有张孝祥、陆游、陈亮等。南宋后期的词坛，姜夔和吴文英的成就较高。姜夔词风冷艳，具有"清空""骚雅"的特质。吴文英词风华丽，意象密集，章法奇特。南宋末年，宋元易代，词坛多表现家国之痛，在宋代文坛绽放出最后一抹光芒。

## 第四节　元明清诗歌

元代是我国历史上第一个由少数民族的统治者建立的统一政权。元代诗坛以宗唐为主导倾向，努力学习唐人的浑融流丽、体式端雅，力矫宋诗的瘦硬生涩之弊。但在实际创作中他们的学唐多止于形貌，且多取平和淡远、温润流丽一类；后期多学中晚唐秾丽奇诡之体，成就有限，艺术独创性尤其不足。元代诗歌成就较为突出的有中期的元诗四大家与后期的杨维桢。元诗四大家指虞集、杨载、范梈、揭傒斯四人，他们都是当时的馆阁文臣，诗作多歌功颂德、粉饰太平和赠答酬唱、题咏书画，艺术上也比较相近，典型地体现出当时流行的文学观念和风尚，所以备受时人称誉。其实他们的创作成就并不高。杨维桢的诗风独特，因其号铁崖，故称"铁崖体”。其诗多半是咏史、拟古之作，融汇了汉魏乐府以及李白、杜甫、李贺等人的长处，意象奇特不凡，充满力度感，以气势雄健的奇思幻想突破了元代中期诗歌甜熟平稳的畦径，给人以石破天惊之感。元代的散曲是此时出现的一种新的独立文体。散曲又有“词馀”“乐府”“今乐府”“北乐府”等名，产生于民间的俗谣俚曲。元散曲押韵比较灵活，可以平仄通押；句中还可以增加衬字，具有口语化、俚俗化，曲意明朗活泼、穷形尽相的作用。代表作家主要有关汉卿、白朴、马致远等人。马致远的《天净沙·秋思》被誉为“千古秋思之祖”。

明清两代的诗歌发展呈现出流派交替与学说竞起的态势。明代初年有吴中四杰（高启、杨基、张羽、徐贲）、宋濂、高启和刘基等。明永乐至成化年间出现了以杨士奇、杨荣、杨溥等为代表的台阁体诗人，诗文内容比较贫乏，多为应制、题赠、酬应而作，题材常是“颂圣德，歌太平”，艺术上追求平正典丽。成化、弘治年间，出现了以李东阳为代表的茶陵派诗人，主张诗学汉唐，强调复古。明中期以前后“七子”诗歌成就较高。前七子指弘治、正德年间，以李梦阳为核心代表，何景明、王九思、边贡、康海、徐祯卿、王廷相六人组成了文学群体。后七子指嘉靖中期，以李攀龙、王世贞为首，谢榛、吴国伦、宗臣、徐中行、梁有誉五人组成文学群体。七子派提出“诗必秦汉，文必盛唐”的诗学口号，高举复古的大旗。由于创作实践与文学主张的偏离，七子派最终陷入拟古的圈子。晚明诗坛，李贽提出“童心说”，公安派诗人提出“性灵说”，竟陵派诗人提出重“真诗”、重“性灵”的主张。

清诗继承和发扬了缘事而发、有美刺之功、行“兴、观、群、怨”之用的传统精神和审美艺术的特征。吴伟业的歌行诗，专取明清之际关乎兴亡之人事，诗作叙事活脱、辞藻富丽、情韵悠然。王士禛的神韵诗，将传统诗歌尚含蓄蕴藉的特征推向了极致。清词复归雅道，成为彷徨苦闷中的文人委婉曲折地抒写心曲的方式，出现了地方性词人群和大型唱和活动，以陈维崧为宗主的阳羡词派、朱彝尊为领袖的浙西词派形成，呈现出“中兴”局面。陈维崧的登临怀古词，纳兰性德的出塞悼亡词，足称大观。晚近以来，诗坛又相继出现龚自珍、黄遵宪、梁启超等重要的诗人。诗歌在社会发展与历史变迁中，呈现出新的面貌。

总体而言，我国是一个诗歌高度发达的国度，所谓一代有一代之文学，从先秦《诗经》、楚辞的源头走来，汉乐府、唐诗、宋词、元曲、明清诗词等，优秀的诗歌作品灿若星河。在新时代下，了解学习这些诗词，对于我们成长成才将具有重要的意义，对于传承传统优秀文化具有重要意义！

# 第四章　格律基础

## 第一节　格律诗的形成

我国的古诗:大致分为古体诗(也称古风)与近体诗(也称格律诗)两大类。

古体诗最初是以四言诗为基础的齐言句式,也产生出三、五、六、七、八等各自相对齐言或杂糅样并存的杂言句式;诗长度不限;诗用韵不限。

格律诗是由古体诗发展而来的,它是齐整的,只押平声韵,包含四句一首的五言、七言绝句,或八句一首的五言、七言律诗以及八句以上的排律等。

"齐"言是诗歌的形式特征之一,是区别于"散"文的形体特点。格律诗是汉语诗形式美的极致,自然追求"齐言""方块"形式。因此,五言、七言句式的确立是格律诗的肇始。在诗句演化发展的过程中,四言诗的"二二"节奏显得呆板而无变化,杂言诗又显得杂糅而少规律。"二三"节奏的五言句式与"四三"节奏(或"二二三"节奏,即多出二节奏)的七言句式,恰好体现出整饬中富变化、变化中有规则的长处。五言、七言的句长在表意上也恰到好处。因此,五言、七言句式主体得以确立（介于五言、七言间的六言诗极为少见）。到汉代，“古诗十九首”表明了五言诗的成熟，张衡的《四愁诗》、曹丕的《燕歌行》标志着七言诗的成熟，从此，五言、七言便成为诗句的基本样式。而曾经为风雅所宗的“四言诗”，仅成为“古雅”的象征（如曹操的四言诗），偶为后人注重，只在庄重场合使用（如祭祀、庆典的颂词）。

古汉语的一个重要特征是平上去入四声及其变化。齐梁文人沈约、周颙、谢朓等在创作诗歌的过程中认识到了这一特征。



在诗歌吟咏过程中，人们发现诗句按一定规则的平仄相间能体现音节、音韵的节奏起伏，产生和谐之美，于是形成大致双节拍平仄相间的“律句”；在诗句前后相续中，又通过相对与相粘的变化而产生出跌宕之美，于是产生出句子间对粘规律；平声韵有浏亮而易于传扬的特点，于是要求格律诗限制押平声韵；我国传统美学核心的对称美，通过诗文辞赋的实践与提升被移植进格律诗，于是，形成中间诗联的严格的对仗关系。这便是格律诗的基本原则。

格律诗的基本长度为八句也并非偶然。第一，八句正好是诗句相续中出句接对句，对句接粘句，粘句后再对的循环往复（绝句是一循环）；第二，八句的长度大致能表达相对重大、相对丰富的题旨，这是八句律诗形成的合理性。当诗人表达短小精炼的题旨意蕴时，相应产生出类似八句对截为一半的诗体，这就是绝句。



## 第二节　格律诗的用韵

押韵是诗歌的重要特征。古体诗押韵要求较宽，平、上、去、入都可作韵脚，一首诗中可转韵，邻韵亦可相押。而格律诗的用韵甚严，大致有以下规定：

一、格律诗只押平声韵。古代的文字有四声，即平、上、去、入，其中平声分阴平、阳平；入声韵在今普通话中消失，归入平、上、去三声；剩下的阴平、阳平、上、去与普通话声调第一声、第二声、第三声、第四声大致相合。格律诗只押平声韵，即阴平、阳平。

二、五七言律绝、科举应制的六韵八韵的试帖诗一韵到底，排律亦不转韵。

三、格律诗要求偶句押韵（第一句入韵问题见下）。历史上曾出现句句押韵的“柏梁体”，如曹丕的《燕歌行》，韵脚太密，缺少舒缓回荡美。因此格律诗需间句押韵，即偶句押韵。

四、格律诗首句入韵的问题。五言绝句、五言律诗，正体首句多不入韵，入韵的为变体。五言诗首联入对（成对仗）的居多，入对的基本不入韵，如李白“青山横北郭，白水绕东城”这一联便是如此。偶句韵脚为平声，与之相对的出句的韵脚则应是仄声，因此不入韵。首句入韵一般是指首句不入对的。王维《使至塞上》的首联“单车欲问边，属国过居延”，即首句不入对，于是“边”字入韵。首句不入对并非一定入韵，如杜甫《春夜喜雨》“好雨知时节，当春乃发生”。

五、格律诗一般邻韵不相押，有一种例外，即第一句入韵的可押邻韵，谓之引韵。所谓邻韵，并非韵书中韵部排列相邻，而是音韵相近，如“上平一东”与“上平二冬”、“上平三江”与“下平七阳”之间。如杜牧《清明》，首句韵脚“纷”在“上平十二文”，“村”“魂”则在“上平十三元”，“纷”即为邻韵。七言绝句、七言律诗，首句多入韵，不入韵者为变体。如杜甫《绝句》首联“两个黄鹂鸣翠柳，一行白鹭上青天”，对仗工整，入对精严，但并非常格，即是因为首联对仗才不入韵的。古今语音发生了变化，现在普通话朗读不押韵的并不表示该诗押韵出格。杜牧的"远上寒山石径斜，白云生处有人家"。《新华字典》里"斜"读 xié，与"家(jiā)"不押韵；但是"斜"字中古时期属于平声麻韵，与"家"属于同一个韵部，两者可以押韵。杜甫《春望》中末句是"浑欲不胜簪(zān)"，其诗的韵脚依次是"深(shēn)""心(xīn)""金(jīn)"，好像不押韵了。但是，"簪""深""心""金"在中古时期属于平声侵韵，同属一个韵部，都可以押韵。李益的《江南曲》"嫁得瞿塘贾，朝朝误妾期。早知潮有信，嫁与弄潮儿"，是合律的五绝，首句不入韵，正常；末句不入韵就奇怪了，其实在中古时期"儿"与"期"同属支韵，也是押韵的。



以上是韵母的变化，还有一种情况是声调的变化。如杜甫的《咏怀古迹五首》(其三)韵脚依次是"门""村""昏""魂""论"。尾联"千载琵琶作胡语，分明怨恨曲中论"之"论"今读去声，不能以为违背格律诗只押平声韵的规则，"论"在中古时期是个多音字，一种读去声，另一种读平声，在这首诗里读平声。如今韵仄声的"冠""看"等，也属此类，古音为平声，或平仄两读。

当然，偶有诗人撰写过符合平仄、对粘而押仄声韵的"格律"诗，此另当别论。隋唐以后，前人整理了《切韵》《广韵》《平水韵》《诗韵集成》等韵书，展示了诗韵的变化与定型。如今读诗、写诗若是遇到诗韵的疑难，大都可以通过查找这些韵书，揣摩解决。



## 第三节　格律诗的平仄

格律诗的平仄，包含每句诗中的平仄规则以及上下诗句间的对粘规则。在同句中平仄是交替的，在一联的上下两句之间，位置相对的字平仄是相反的。按平仄交替规则组成的句子，称作律句。

五言律句有四种基本平仄格式，往往以句首两字是平起还是仄起、第五字是平收还是仄收作为标志予以区分。

仄仄平平仄　称为仄起仄收式

平平仄仄平　称为平起平收式

平平平仄仄　称为平起仄收式

仄仄仄平平　称为仄起平收式

与五言律句相对应的，七言律句也有四种基本格式，就是在五言律句之前加两个字：

平平仄仄平平仄

仄仄平平仄仄平

仄仄平平平仄仄

平平仄仄仄平平

另外，还有两种准律句：

平平仄平仄

仄仄平平仄平仄

这两种准律句，分别从五言律句“平平平仄仄”和七言律句“仄仄平平平仄仄”变化而来，是五言句三四字、七言句五六字平仄交换位置而来。在唐宋的律诗中，这两种准律句和原律句一样常见，诗人们最喜欢把这两种准律句用在尾联的出句，即第七句。但是必须注意，这两种准律句，五言第一字、七言第三字必须是平声。以下是唐诗中运用这两种准律句的例子：

无人信高洁，谁为表予心。（骆宾王《在狱咏蝉》）

回看射雕处，千里暮云平。（王维《观猎》）

仍怜故乡水，万里送行舟。（李白《渡荆门送别》）

羌笛何须怨杨柳，春风不度玉门关。（王之涣《凉州词》）

庾信平生最萧瑟，暮年诗赋动江关。（杜甫《咏怀古迹五首·其一》）

直道相思了无益，未妨惆怅是清狂。（李商隐《无题》）

律诗一共八句，每两句成为一联，这样，一首律诗分成四联：第一二句称为首联，第三四句称为颔联，第五六句称为颈联，第七八句称为尾联。每联的上句称为出句，下句称为对句。

律诗有“对粘”的讲究。所谓“对”，是指每联的出句和对句，相应位置上的字平对仄、仄对平。出句是仄起，则对句须平起；出句是平起，则对句须仄起。也就是在对句中，五言的第二个字或七言的第二、四个字，平仄完全是对立的。

所谓“粘”，是指上联的对句和下联的出句的平仄类型必须是同一大类的：上联对句是平起型，则下联出句是另一种平起型；上联对句是仄起型，则下联出句是别一种仄起型。也就是后联出句第二字的平仄必须跟前联对句第二字的平仄一致，平粘平，仄粘仄，把两联粘联起来。

王力先生在《古代汉语》中总结说，不合乎粘的规则的，叫“失粘”，不合乎对的规则的，叫“失对”。初唐时，格律未严，“粘”的规则尚未确定下来，所以有少数失粘的现象，直到王维还是如此。杜甫的诗中也有个别失粘的例子，如《咏怀古迹·其二》的颔联（“怅望千秋一洒泪，萧条异代不同时”）和首联（“摇落深知宋玉悲，风流儒雅亦吾师”）就是失粘。至于“对”的规则，似乎确定得较早，所以在唐诗中极少有失对的情形。宋代以后，失粘和失对成为大忌，更没有违反这些规则的了。

律诗八句，只要确定其中的任何一句平仄形式，其他句的平仄形式都可以运用“粘对”的方法，举一反三地推导出来，所以并不需要去死记什么平起不入韵、仄起入韵的格式。

## 第四节　格律诗的对仗

对仗是格律诗的重要规则，是格律诗形式美的精华。格律诗中的对仗，形式层面有三层含义：一、对仗的上下两句间的平仄关系必须是相对的。二、上下句式的结构相同或相似。三、上下句相对字间的词性相同或相似。而从内容的表达上则要求上下句的意思是相关的，或相对或相承或相倚或相补，不能相同重复。

格律诗的规则对对仗的要求是首联尾联以外的中间各联均需对仗，五律的四联中，颔联与颈联是必须对仗的，对首联与尾联不作要求。习惯上，五律的首联对仗的较多，七律首联用对仗的较少。主要原因是五律首句不入韵的较多，七律首句不入韵的较少。尾联一般是不用对仗的。到了尾联，一首诗要结束了，对仗是不大适宜于作结束语的。绝句没有对仗的要求，但实际创作中却有一些是对仗的。

若从形式的工整与否来看，可分四个层级：

一、失对，即不符合上文的三层含义。如被严羽称为“唐人七律第一”的崔颢《黄鹤楼》的颔联“黄鹤一去不复返，白云千载空悠悠”，上句中“去”字应平而仄。“悠悠”是叠音词，形容词性质，与所对应的合成动词“复返”完全不对仗。“不复返”是三仄尾，“空悠悠”是三平尾，均格律所忌。

二、宽对，即上文说的“结构相似”“词性相似”。如杜甫《蜀相》颈联“三顾频烦天下计，两朝开济老臣心”，“三顾”是动词性状中短语，“两朝”是名词性定中短语；“频”是形容词，而“开”是动词；“天下计”与“老臣心”，从结构上说是勉强的定中结构短语。此谓宽对。

三、正对，即“结构相同”“词性相同”。如王维的“明月松间照，清泉石上流”、李白的“浮云游子意，落日故人情”、杜甫的“白日放歌须纵酒，青春作伴好还乡”等。

四、工对，指词类小类间的对仗。如：名词中“天文”“地理”“花草”“虫鱼”“方位”之间的对仗，形容词的“颜色”和“程度”之间的对仗，数词之间的对仗，反义词之间的对仗，联绵词、叠音词之间的对仗等，今仅举杜诗绝句“两个黄鹂鸣翠柳，一行白鹭上青天。窗含西岭千秋雪，门泊东吴万里船”，其中数量、鸟、颜色、方位的对仗，极为工整。李商隐诗“参差连曲陌，迢递送斜晖”中“参差”与“迢递”即是联绵词相对偶。对仗的最高境界是形式与内容的完美结合，这样的对子为人传诵不衰，例如“感时花溅泪，恨别鸟惊心”“沉舟侧畔千帆过，病树前头万木春”“曾经沧海难为水，除却巫山不是云”“身无彩凤双飞翼，心有灵犀一点通”“塞上长城空自许，镜中衰鬓已先斑”“有情芍药含春泪，无力蔷薇卧晓枝”等。

许多人热爱格律诗，正是从惊叹于格律诗中的对仗美开始的。因此，古代塾师让学生背诵名联，训练学生对对子，既是培养他们的基本功，也是培养他们对格律诗的兴趣。

## 第五节　格律诗的避忌

避忌当指两种情况：一、避错，不避即违律；二、避差，避后更佳。以下分说若干。

一、避重字。重字即重复字、相同字。杜甫《咏怀古迹》中首联下句“生长明妃尚有村”、尾联下句“分明怨恨曲中论”，重“明”字，虽不算违律，但总是瑕疵，尽量避免，字数少的绝句尤当注意。但是，有修辞意义的相同字，另当别论，如杜牧“烟笼寒水月笼沙”中“笼”字，韦应物的“去年花里逢君别，今日花开又一年”的“花”字，李商隐的“刘郎已恨蓬山远，更隔蓬山一万重”中的“蓬山”等。

二、避押同音字。相同字尽量不押。押同音字在唐诗中时有所见，如王维的“清泉石上流……王孙自可留”，杜甫的“当春乃发生……润物细无声”；“流”和“留”在“十一尤”，“生”和“声”在“八庚”，当时即是同音字。此后，诗人押同音字的现象大为减少，表明这一问题在当时已被注意。学写诗者当尽量避免。有人认为同义词亦当避押。如“芳”与“香”，从内容的表达来说这是有道理的，在此聊备一说。

下面着重讲一下律诗句的平仄问题，以五言律句为例，为什么在“一三不论”（七言则“一三五不论”）处，有时仍得“论”呢？

一、三平调“仄仄平平平”在当避之列，要改为“仄仄仄平平”。现在介绍格律知识的读本在标识这种句式时，第一字“仄”标为“可平可仄”，而第三字明确标为“仄”，不标为“可平可仄”，就是要避免三平调。

二、孤平问题。“平平仄仄平”在“一三不论”状况下，便可出现“仄平仄仄平”，由于除了韵脚“平”，只有一个“平”，故曰“孤平”，此在避忌之列。原因是，平声字夹在两仄字中间，诵读时拗口不畅。避免的方式很简单：第一个字恢复平声字，或者孤平字后的第三字仄字改为平声字，此“孤平”便不“孤”而合律。

王力先生曾分析总结出“平平平仄仄”句型可用“平平仄平仄”（即三四位平仄互换）替代，成为约定俗成的格式。如杜甫《月夜》中第七句“何时倚虚幌”和李白《渡荆门送别》第七句“仍怜故乡水”。“仄仄平平仄”句一旦化为“仄仄平仄仄”，即第四字变成仄声字，可将下句的第三字换成“平”以相救，成为“平平平仄平”，如白居易《赋得古原草送别》的颔联“野火烧不尽，春风吹又生”。拗救十分复杂，理解多有不同，这里只说大致的一些规则。

## 第六节 词学基础知识

词又称“曲词”或“曲子词”，由乐曲与文词组成，合乐吟唱是词的重要特征。现今乐曲的曲谱已佚，只存文词。

词的形成在格律诗之后，大致滥觞于隋末唐初，形成于晚唐五代，鼎盛于两宋。词起源于民间。雅致齐整的格律诗，不易为民间人士摹写与吟唱。创作者便转向乡谣俚曲、乐府短制，乃至外族传人的乐曲，稍加改制，成为自由、简洁、轻快的新型民间歌曲。后为伶伎与上层文人所重，逐渐改造，使之规正化、格律化：定调、定韵、定片、定句、定字、定平仄，所谓“词有定句，句有定字，字有定声”，最终成为一种合乐可歌的新型诗体。

词有许多别名，正可以显示其相关特征。诗馀，表示产生于诗之后，与诗有亲近的血缘关系；长短句，表明其句式有别于方整格律诗的句式特征；曲子、乐府、乐章、倚声、琴趣等则表示其合乐的特征。

词的长短结构单位谓之“片”或“阕”，片（阕）是乐曲的一个完整段落。词的长短有一片、二片、三片、四片。不同调词的每片句数、每句字数是不同的。也有词学家用令、引、近、慢分别称词的长短的。

词的句式差别很大，词句长短由一字而递次八九字，即使是五七言，决不仅如律诗的“三三”式与“四三（二二三）”式。如毛泽东《沁园春》中五字句“望/长城内外”的句式便是“一四”式，也叫“一字逗”。其他种种，此不赘述。

词牌是各种不同词调的名称，每种词牌下规定其有几片，每片几句，每句几字，每字平仄，规定如何押韵，诸如是平声韵、仄声韵、入声韵，能否换韵，如何换韵，都有限定。

词牌名称最初与表达的内容有关，如白居易的《忆江南》、张志和的《渔歌子》。此后渐渐分离，遵循的主要是格律规则。

词有一调多名的，如《念奴娇》有别名《大江东去》《壶中天》《南江月》《百字令》等；词亦偶有异调同名的，如“念奴娇”又名“千秋岁”，而另有“千秋岁”。一调中有正体与别体，稍有区别：或单双调之别，或押平仄韵之别等。

古今词牌很多，有千余种，词人是很难记住每首词的格律的。所以有人整理成“词谱”，作词的人按照词谱撰写。因此，作词称填词。

## 第七节　曲学基础知识

被人们并列称为“唐诗、宋词、元曲”之“元曲”，其实包含“剧曲”与“散曲”两大部分。剧曲即戏曲，是叙事文学；而散曲，则属于咏唱生活、抒发怀抱的诗歌。散曲分套数与小令，套数的形制与剧曲中的套数相近。因此，亦把散曲归入大概念的元曲中。

散曲中的小令，人们又叫“叶儿”，单片只曲，调短字少是其基本特征。小令中有一种联章体称“重头小令”，同题同调同韵，正复相连，两重至多重。

“套数”，又称“套曲”“散套”或“大令”。基本特征：一、由同宫调的两个以上曲子连缀而成；二、必有“尾声”；三、全套必须押韵相同。曲的格律就是其所冠之宫调与曲调。例如在“〔越调〕天净沙·秋思”中，“越调”是宫调名，宫调是音乐的各种调式。吴梅曾解释说：“宫调者，所以限定乐器管色之高低也。”“天净沙”是曲调名，即曲牌，如词牌一样限定句数、字数、平仄。“秋思”是题目，表示内容。与词相比，曲的押韵允许平仄互押，在句子中也可以自由添加衬字。

就合乐而言，词、曲是同源的，后来成为词的，那是在上流社会向雅的方向发展，成为今天面目。后来成为曲的，那是在底层社会继续发展，与乐曲相携相伴，俚俗成其风格特征。当宋末元初，大量文人仕途无望，涌进歌曲弥漫的瓦肆勾栏，曲便兴盛起来。这就是所谓“词衰曲盛”。从风格说，诗与词相比，是诗庄词媚；词与曲相比，则是词雅曲俗。

# 第五章　学写诗歌

为什么要学习写诗?

一个长期从事文学鉴赏、教学、研究的人,如果对文学创作只是描述而不知甘苦,对文学创作只是评判而无实践,只能是隔靴搔痒不知就里,浮光掠影雾里看花。

只有体会创作中那种抓耳挠腮的苦恼以及灵感乍现的喜悦,才能领会作家的长歌当哭和暗夜悲泣,才能对文学史知识和文学理论有更加真切的感受,对作家的情感有更深刻的感悟。

首先谈一谈文体。对于一件事情、一个细节、一个灵感,不同的文学类型可以表达出不同的内容。小说虚构出一个故事,诗歌展示一个世界,散文揭示一个哲理,戏剧描述为一场冲突。如果用它们做一个比喻,那么小说就是文学世界里的王者,是最霸道的和最受关注的;诗歌是文学世界里的贵族,是最有品位的和最专横的,是心灵写照,可用其寄托情怀;散文是文学世界里的浪子,是最模糊的和最危险的,但它边界不清,难以独立;戏剧是文学世界里的骄子,是最热闹的和最全面的,可起承转合,也波澜迭起。

在文学的四种样式当中,诗歌是最感性,最富有理想,最有温度,最有激情的一种文学样式。诗歌反映了中国文化传统、情感方式、审美方式、精神追求,读了诗,吟了诗,能够写诗就增加了一种素养、一种能力,同时也是增加了自己表达和交际的能力。

我们进行创作的时候，不同文体也会带来不同的感受。创作一首诗歌，感受诗歌的灵动与神秘；构思一篇小说，领略小说的缜密与流动；写作一篇散文，品尝散文的细腻与深情；编排一幕戏剧，体悟戏剧的结构与转折。音乐与数学，位于社会与天地的两极。文学艺术，是音乐与数学的过渡状态；诗歌、散文，则是音乐与数学的过渡标志。诗歌接近音乐，散文走向理性。

文学创作又需要诸多要素：(1) 感觉：视觉、听觉、嗅觉、触觉、幻觉、错觉、想象的基础；(2) 想象：体验、回忆，超越生死、超越时空，具体到永恒；(3) 抒情：渗透、寄寓、起伏、浓淡；(4) 语言：形音意三者合一、意义的模糊多维、简约、含蓄；(5) 意象：人物、事物、景物、万物心灵化、情思具象化；(6) 意境：情景、虚实、神形、隐秘、多义、不定、共性、整体；(7) 节奏：轻重缓急、高低抑扬、抑扬顿挫；(8) 结构：起承转合、重章叠句、峰回路转；(9) 主题：载道、含情、言外之意、弦外之音。

诗歌的接受有这些特征：脱离音乐特征；脱离创作主体；寻找主题；努力分段。

每当我们阅读他人创作时，往往为一些构思或名句震撼，也会发现很多不足与缺憾。但当你拿笔实践时，可能写出来的东西，更加不堪，彻底摧毁了你的自信心。

灵感就像《金刚经》所云，一切有为法，如梦、如幻、如泡、如影，如露亦如电，灵光乍现难以捕捉。又如兔起鹘落，天外行云，感得抓不得，抓得道不得。诗歌写作，离科学还很遥远。构思、设计、描图、施工、验收等工科程序，不适用于诗歌。诗歌的诞生，有时是说不清道不明的，的确有点神秘色彩。

目前我们国家也开始越来越重视文化软实力，对优秀传统文化的保护和弘扬的力度越来越大，而古典诗歌文化无疑是这股时代潮流的排头兵。

习近平总书记在2014年9月9日考察北京师范大学时说:“我很不赞成把古代经典诗词和散文从课本中去掉,‘去中国化’是很悲哀的。应该把这些经典嵌在学生脑子里,成为中华民族文化的基因。”习近平总书记不仅只是说说而已,很久之前他就身体力行,用古典诗歌的形式来表现新时代、新思想、新风貌。且看他在福建省当地方官时所写的怀念焦裕禄的《念奴娇》。

**念奴娇·追思焦裕禄**

习近平

中夜,读《人民呼唤焦裕禄》一文,是时霁月如银,文思萦系……

魂飞万里,盼归来,此水此山此地。百姓谁不爱好官?把泪焦桐成雨。生也沙丘,死也沙丘,父老生死系。暮雪朝霜,毋改英雄意气!

依然月明如昔,思君夜夜,肝胆长如洗。路漫漫其修远矣,两袖清风来去。为官一任,造福一方,遂了平生意。绿我涓滴,会它千顷澄碧。

2015年,以中华诗词学会第四次全国会员代表大会召开为标志,中华诗词得到了新中国成立以来最高规格的肯定与重视:8月20日上午,中华诗词学会第四次全国会员代表大会在北京全国政协常委会会议厅隆重开幕,原中共中央政治局常委刘云山同志,中共中央政治局委员、中宣部部长刘奇葆同志,都对中华诗词学会第四次全国会员代表大会召开作出重要批示,表示热烈祝贺,提出殷切希望。中共中央政治局委员、国务院副总理马凯在四代会召开前写来了贺信和贺诗。

七律·写在中华诗词学会第四次代表大会召开之际

马 凯

大地春回盼未迟，唐松宋柏又新枝。
随心日月弦中起，信手风云笔下驰。
骚客曾忧无续曲，吟坛应幸有雄诗。
山花烂漫人开眼，更待惊天泣雨时。

在教育实践上，古代诗文入选比重增加：《初中语文》3号："课文"选入38篇(首)；"诗词诵读"选入古诗词72首。《初中语文》4号：1—4册，每册两个单元，选入古诗41首，古文27篇，每册占33%。同时，值得注意的是有6篇古典小说归入"现代文"单元：《空城计》《美猴王》《智取生辰纲》《范进中举》《杨修之死》《香菱学诗》。

社会对于诗歌也有较高的呼声与追求。2016年2月22日作家杜子建发微博表示，自己非常喜欢"我有一壶酒，足以慰风尘"这两句诗，总想再续两句，但恨才华不够，于是求助网友帮忙补两句，并承诺续得好就送酒，最好的送拉菲。结果没想到，这两句诗和这条微博迅速火了起来，短短三天时间转发量已经接近10万，评论超过2.3万，阅读量更是超过300万，并且还在不断增长。这些转发并不都是单纯的转发，很多网友都续写了下去，甚至不少都相当有意境，令人拍案叫绝，有网友就感慨"国人诗性未死"。正如许巍所说："生活不止眼前的苟且，还有诗和远方的田野。你赤手空拳来到人世间，为找到那片海不顾一切。"

河北卫视的《中华好诗词》与中央电视台的《中国诗词大会》节目也体现了主流媒体对诗词文化的引领。

2017年3月，教育部原部长陈宝生在全国政协开幕式前"部长通道"回答记者关于传统文化教育的提问时说到三句话。第一句话：覆盖教育的各个学段，从小学到大学，各个学段都覆盖，因为我们把这项工作看作固本的工程。优秀传统文化是我们民族绵延五千年历史不绝的重大支撑，在当今世界多元文化融汇交流过程中，如果我们不采取果断措施，中国人的重心就会发生飘移。

第二句话：融汇到我们的教材体系中去。因为我们把这件事看成是一个“筑魂”的工程。优秀传统文化对中国人怎么看待世界、怎么看待生命，中国人的价值观、人生观、世界观阐述得很系统。如果我们不能把这些东西继承下来，在教育过程中没能让我们的学生了解、继承，他的人生就会发生方向的偏离。

第三句话：贯穿在人才培养全过程。因为我们把这件事看作中国人打底色的工程，中国人怎么做人、怎么做事、怎么待人接物，优秀传统文化都有丰富阐述。在这个方面发生问题，就会有底色亏损。

诗歌对于我们人生的意义在哪儿？它是中国传统文化的瑰宝，是中华民族五千年文明的结晶，是中华儿女与生俱来的文化基因，是中国文学艺术领域的精神高地。

我们该如何写作诗歌？

诗歌无论新旧，不分骈散，不论形式，只要获得内心愉悦他人认可，娱已娱人，自成情调，就是佳作。

格律诗（或称今体诗、近体诗）、古风、乐府，以及自由诗、新诗，都是诗歌言志缘情的不同形式，没有优劣之别。只要构思精巧、意境天成、朗朗上口、抑扬顿挫，就是精品。

由于师承（先生辈写旧体诗的影响）、熏陶（读书期间对唐诗宋词为代表的旧体诗吟咏颇多）、工作（长期在大学中文专业执教中国古代文学）等原因，我们主要写作旧体诗，但也经常写作新诗。最好玩的是“新旧混搭”，同样的题目，用新体、旧体各写一首。

一些旧体诗人往往对格律诗坚守陶醉，甚至偏执，而不时对新诗挖苦嘲弄；一些著名新诗诗人对新诗忘我崇拜、完美畅想，而对格律诗严厉批判，全盘否定，不断宣布旧体诗生命的终结。但这丝毫没有改变新旧并存难分高下的局面。

诗歌的特性是什么？是情调和音乐性。音乐性是指节奏、旋律——在高低、强弱、快慢、长短节奏变化中的旋律。

关于旧体诗词的创作。经过多年对旧体诗词的研究和创作，我们发现具体诗词的用韵走向大致有以下五个特点：(1) 从朦胧到明确（古歌—魏晋古诗）；(2) 从宽到严（古诗到近体诗）；(3) 从严到宽（格律诗到词、曲）；(4) 每个时代的创作，一定是多姿多彩，不是整齐划一；(5) 每个人的创作，一定是多元并举，不是单一守律。

旧体诗词，有一整套严格的规范，要求苛刻，法度森严，虽望而生畏，然熟能生巧，形式永远小于诗情。音乐，是诗歌的本性；抒情，是诗歌的天性。叙事、阐理，是诗歌的非典型特征。

关于诗歌创作的用韵问题。当下我们创作旧体诗歌是依然按照以前的规则用《平水韵》，还是按照目前的发音规则使用国家新制定的韵书，这一争议一直存在。目前在普通话的基础上制定出来的韵书主要有两部。除了中华诗词学会最近研制的《中华通韵》（16 个韵部）之外，还有中国诗歌学会推荐的《中华新韵》（14 个韵部）。而民国时期还有《中华新韵》（18 个韵部）。一般来说，韵书不是用来阅读的，而是用来查找使用。查找使用，是为了写诗。换句话说，如果你不想写诗，或者也不想从押韵这个角度解读诗歌的话，也无须关心。读诗的过程中，不必关注诗人使用哪一个韵书，感觉好就行，也就是：姑妄言之，姑妄听之。假如你是一个诗人，又要注意用韵的规范，就可以关心一下。

在我们看来，写诗，无论新诗、旧体诗，押韵，仅仅是一个很小的技术问题，没有什么争论的价值。如果说有需要注意的地方，就是写诗的时候，一首诗，尽量采用一种诗韵的一个韵部的字。写诗，重点在感觉到位，灵感迸发，有感而发，隽永耐读。

但是具体到创作旧体诗作时押韵一定要使用《平水韵》，首先因为它是隋代《切韵》、唐代《唐韵》、宋代《广韵》的总结与延续，是历代诗人有意或无意所遵循的一个法则。我们从小学到大学，读过数以千计以唐诗宋词、历代名家作品为主的古代诗词，为了鉴赏、理解、记忆，必须延续平水韵。

其次现代、当代很多领袖、名家写作的旧体诗，都是用《平水韵》，如陈独秀、毛泽东、苏曼殊、柳亚子、鲁迅、郁达夫、钱钟书、陈寅恪、吴宓、郭沫若等等。要理解、学习他们的旧体诗，就必须熟悉、掌握平水韵。

再次出于诗词写作的典范的考虑，如果写作时采用《新韵》，势必与记忆中的《平水韵》产生矛盾与混乱，而且《唐诗三百首》等经典诗作不能直接指导创作。与其分别掌握两种标准，不如统一为一种标准。

最后为了与境外学者诗词唱和，增进友谊。我国香港、台湾地区的诗人、学者，日本、韩国乃至美国、德国的汉学专家，他们均用平水韵。

实际上，《平水韵》、旧体诗，已经成为中国传统文化的一个重要组成部分。在诗词创作过程中，为了知行合一，最好使用《平水韵》。

最后谈一谈，我们对诗人的理解：

1. 诗歌无论新旧，写作不分骈散，只要获得内心愉悦他人认可，就是佳作。

2. 没有自我要求、自我提升，没有使命担当，没有细腻入微的感觉，就不会有诗人，更不会有真正的诗作出现。

3. 应该潜心修习，反复切磋，懂得法度，掌握技巧，而不是一哄而上、藐视规范，附庸风雅、自说自话。

4. 诗人都是寂寞孤独的，带有淡淡的忧伤，没有悲天悯人自寻烦恼，就没有创作灵感。

5. 一百个诗人有一百种创作理论，但没有一种是可以复制的。写作，就是寻找到适合自己的范式。

6. 写诗需要丰厚学养、睿智判断、高峻立意、丰赡词采，但很多人有了这些，照样成不了诗人，诗人需要写作的灵感与激情。

7. 一个人的疼痛、曲折、忧愁、悲伤，可以加速一个人的成长，如果呈现在文字里，就是一种厚重。

8. 写作是一种释放，但为君故沉吟至今，不管是有的放矢，还是无病呻吟，感觉到位，自我陶醉，就是成功。

9. 充分享受写作的过程，用文字澄净自己的内心，抚慰孤独的灵魂，则是非常高远难以企及的境界。

10. 写作完全是天赋，不靠修炼而成。但有天赋的人，往往成不了大气候，相反是老老实实厚积薄发的，莫名其妙地成了诗人。

11. 诗人必然是孤独的，孤独成就他的思维方式，成就他的心智。他最寂寥的时候，一定是最成熟的时候。

12. 诗歌，只是生活的一小部分，最重要的是自己的生活，职业诗人的生活不必向往。

13. 始终保持童心，处于乐观主动的状态，就能发现一些有趣、令人喜悦的东西，自然就会觉得生活很美。

14. 诗人不分年龄、不分背景，真正的不拘一格。一些应该成为诗人的人成不了诗人，一些不可思议的人成了诗人。

# 附　录

## 附录一　赛制和竞赛形式

电视诗词竞赛重竞技，所以如何设置通关攻垒环节是节目组首要解决的问题。在分析《中华好诗词》《唐诗风云会》《中国诗词大会》等九档节目的竞赛形式时，我们发现它们同而有异，所以将其分档整理摘抄，以供读者参考备赛。

注意赛制和竞赛形式皆源于电视诗词竞赛节目组，非原创，仅供参赛者备赛使用。

### 一、《中华好诗词》(五季加大学季两季)

(一) 赛制

第一季：百位选手抢答通关赛、明星擂主挑战赛、复活赛、半决赛、总决赛。

第二季：达人挑战赛、明星擂主守关赛、擂主挑战赛、半决赛、总决赛。

第三季：达人挑战赛、明星擂主守关赛、擂主挑战赛、半决赛、总决赛。

第四季：达人挑战赛、明星擂主守关赛、擂主挑战赛、半决赛、总决赛。

第五季：达人挑战赛、明星擂主守关赛、擂主挑战赛、半决赛、总决赛。

大学季第一季：校队导师互选赛、组内淘汰赛、组间淘汰赛、晋级赛、决赛。

大学季第二季：队内淘汰、组间淘汰、总决赛。

（二）竞赛形式

1. 第一季

在第一季中共设置五个环节，分别为百家争鸣、挑兵点将、金榜题名、半决赛、总决赛。

在“百家争鸣”环节，百位诗词爱好者共同进行抢答，胜者可为自己赢得上场参赛权。

在“挑兵点将”环节，抢答通过者可挑战六位明星擂主，每打败一位关主可获得 1 千元奖金，若将 6 位关主全部打败，可获得 6 千元奖金。

在“金榜题名”环节中，挑战者要在 150 秒内，准确无误地拼出十句诗词，只要有一句答错，即算失败，获得的奖学金也将减半，只要闯关成功，奖学金立即升级为 3 万元，进入半决赛为自己争取获得 3 万元奖金的机会。

在半决赛中，12 位选手经过淘汰赛最终有 6 位选手进入总决赛。

在总决赛环节，最终闯关成功者可获得 3 万元奖金。

2. 第二季

在第二季中共设置五个环节，分别为达人挑战赛、明星擂主守擂赛、擂主挑战赛、半决赛、总决赛。

在“达人挑战赛”环节中，现场诗词达人要连挑六关，当第一个闯六关的选手出现后，他自动成为《中华好诗词》第二季的擂主，并获得 1.2 万元的奖金。

“明星擂主守关赛”也可称为“挑兵点将”环节，下一个通关选手出现在舞台上后，他可以选择是否挑战擂主，这取决于选手本人的诗词造诣和六位通关关主、守关关主的诗词造诣，通关者可获得 1.2 万元奖金。

“擂主挑战赛”也称为“龙争虎斗”环节，通过明星擂主守关赛的选手可挑战擂主，擂主每守关成功一次都会获得 2 万元奖金，若挑战者挑战成功，挑战者将成为新的擂主，2 万元也将归新的擂主。具体形式为抢七，通过抢答，先答对七道题的选手为胜利者。然后所有擂主进行比赛，最终 18 位选手进入半决赛。

在半决赛环节中，赛前 18 位选手随机分为三组进行第一轮淘汰赛，每组淘汰一名选手。第二轮为 15 晋 12，以一对一进行淘汰赛。第三轮为 12 晋 6，也以一对一进行淘汰赛。

在总决赛中共设置五关，依次为 6 晋 5、5 晋 4、4 晋 3、3 晋 2、2 晋 1，以抢答形式进行，每关答对题数最少者淘汰。

3. 第三季

第三季竞赛形式与第二季相同，只有初始晋级人数不同。

4. 第四季

第四季的竞赛形式与第二、三季相似，变动不大。

5. 第五季

第五季共设置四个环节，分别为明星擂主守关赛、往期擂主守关赛、半决赛、总决赛。

在“明星擂主守关赛”中，选手向现场 5 位明星擂主发起挑战，每成功挑战一位擂主将获得 2 千元奖金，若将 5 位擂主全部击败，将获得 1 万元奖金，并可以选择继续挑战往季擂主。

在“往季擂主守关赛”中，前四季的冠军成为本环节的守擂者，挑战者若挑战失败，奖金折半，最终有 12 位攻擂成功者进入半决赛。

在半决赛中设置句句惊心、分秒必争、心领神会、大浪淘沙、不可言传、孤注一掷等环节。通过“句句惊心”环节，12 位选手最终晋级 11 位选手；通过“分秒必争”环节，11 位选手最终晋级 10 位选手；通过“心领神会”环节，10 位选手最终晋级 9 位选手；通过“大浪淘沙”环节，选手以选择题抢答的形式，最终晋级 8 位选手；通过“不可言传”环节，选手根据肢体语言表演猜诗句，最终晋级 7 位选手；通过“孤注一掷”环节，选手压分答题，最终晋级 6 位选手。

在总决赛中设置智者生存、百转千回、合纵连横、龙争虎斗等环节。在“智者生存”环节中，6 位选手同时答题，每人依次选择一个主题作为自己的主答题。在主答题中回答正确，不但可以得一分，还可以获得与答错人数相同的分数，两轮答题结束，淘汰得分低的一人，最终晋级 5 位选手。“百转千回”环节，五位选手轮流答题，每个人有一次“回转”和“跳过”的机会，答错即被淘汰，最终晋级 4 位选手。设置“合纵连横”环节，两两对决，最终晋级 2 位选手。设置“龙争虎斗”环节，主持人来出题，在主持人说完“可抢答”后方可抢答，最先答对 7 题者获胜，如果一方抢答过早或者答题错误，则换对方答题。从两位选手中产生最终的冠军。

6. 大学季第一季

大学季第一季共设置校队导师互选、组内淘汰赛、组间淘汰赛、晋级赛、决赛五个环节。

在校队导师互选环节中，20 支队伍与 4 位导师相互选择，在互选过程中的展示赛阶段，不计分，主要有以下比试环节：

“刻不容缓”——200 秒时间内背诗。

“填言觅语”——写出给定诗句中空缺的词。

“分秒必争”——100 秒内是非题。

“诗词三人行”——三人同时答题并都答对才得分。

“智者生存”——三人轮流答题，答对获得的分值会上涨，20，30，50，100，200，但这些分数只有存入囊中才是有效的。每个答题的人需要先选择继续答题还是存入囊中，继续答题的话分数递增；如果答错，之前未存入囊中的分数全部作废。选择存入囊中，则之前队友答对的分数存入有效，并且此题记 20 分重新递增。

“知言辨语”——看图片抢答诗句。三人各持有相同的 13 张诗词卡牌，主持人出题，三人同时作答选出对应的牌，有一人答对就得分，用过的牌作废，所以答错的话有可能影响后面的题目作答。

“顾名思义”——节目组预先准备了某位诗人的 20 个关键词，选手猜关键词，看是否能吻合。

“原来就是你”——主持人依次提供 4 个关键词猜诗人，越早猜到得分越多。

在组内淘汰赛环节中，4 位导师进行队内竞技，优中选优，每位导师拥有的 5 支战队各自淘汰 1 支，总共淘汰 4 支。主要有以下比试环节：

“句句惊心”——15 人轮流背诗，所获分数加入校队总分，答错者本关出局，并失去为战队加分的机会。

“分秒必争”——1 分钟是非答题，15 人分别答题，所获分数加入校队总分。

“心领神会”——根据 5 个关键词猜诗句，5 队抢答，越早猜到分越多。

“智在必得”——15 人轮流在 20 个主题中选自己擅长的主题

题目，如果自己答对，自己得分，别人答错自己额外得分。

“一触即发”——口令抢答题，5 队抢答。

“师出有名”——各队轮流与导师配合，120 秒描述猜答案，导师描述，校队猜。

在组间淘汰赛中，每期每位导师派出自己的 1 支队伍，4 支队伍同台竞技，每期淘汰 1 支，4 期节目共淘汰 4 支。主要有以下比试环节：

“大浪淘沙”——12 人同时答题，答对得分，答错者淘汰并失去为校队加分的机会。

“速度与诗情”——每队独立 200 秒内根据描述猜答案，队友轮流描述和猜。

“合纵连横”——关于诗词的棋盘填字游戏。

“孤注一掷”——主持人先给题目提示，各队押分，主持人再出题，各队答对得相应分数，答错扣相应分数。

“心有灵犀”——4 队同时抢答，每队出 2 人，一人抢另一人答，答对得分，答错扣分。

“百转千回”——12 人轮流答题为自己队伍攒分，答错者淘汰，并失去为校队加分的机会。每个选手有 2 个道具，一次跳过(下一位选手来答这道题)，一次回转(上一位选手来答这道题，并且轮流顺序反向)。

在晋级赛中，12 支战队同台竞技，参与多场角逐，争夺进入决赛的 6 个名额。主要有以下比试环节：

“句句惊心”——36 人轮流背诗，所获分数加入校队总分，答错者本关出局，并失去为战队加分机会。

“智在必得”——轮流在 15 个主题中选自己擅长的主题题目，如果自己答对，除了自己得分，别人答错自己也额外得分。

"心领神会"——12 队抢答，根据 5 个关键词猜诗句，5 队抢答，越早猜到分越多。

"知言辨语"——看图片抢答诗句。

"百转千回"——12 人轮流答题为自己队伍攒分，答错者淘汰，并失去为校队加分的机会。每个选手有 2 个道具，一次跳过(下一位选手来答这道题)，一次回转(上一位选手来答这道题，并且轮流顺序反向)。

"不可言传"——导师表演，所有校队同时抢答猜诗句。

"大浪淘沙"——各队同时必答题，答对得分，答错者淘汰并失去为校队加分的机会。

在决赛环节中，6 支战队角逐年度桂冠。主要有以下比试环节：

"分秒必争"——1 分钟是非题，各队派代表分别答题。

"百转千回"——8 队 16 人轮流答题为自己队伍攒分，答错者淘汰并失去为校队加分的机会。每队有 2 个道具(所以每人只有 1 个道具)，一次跳过(下一位选手来答这道题)，一次回转(上一位选手来答这道题，并且轮流顺序反向)。

"心领神会"——各队分别答题，根据 5 个关键词猜诗句，一人描述(二字词，不能出现在诗句以及上下句中)另一人猜，越早猜到得分越多。

"大浪淘沙"——各队同时必答题，答对得分，答错者淘汰并失去为校队加分的机会。

"明辨是非"——以抢答的形式挑出主持人描述中的错误。

"速度与诗情"——每队独立 150 秒内根据描述猜答案，队友轮流描述和猜。

"孤注一掷"——主持人先给题目提示，各队押分，主持人再出题，各队答对得相应分数，答错扣相应分数。

7. 大学季第二季

在大学季第二季共设置分组赛、队内淘汰赛、组间淘汰、总决赛四个环节。

在分组赛中，20 支战队根据答题表现，分入四位大学士麾下。

在队内淘汰环节中，各导师战队在队内进行比赛，通过三轮诗词答题环节，最终根据所获分数进行高校排名，分数最低的一所高校淘汰。

在组间淘汰赛中，各导师战队在队间进行比赛，通过三轮诗词答题环节，最终根据所获分数进行高校排名，分数最低的两所高校淘汰。四位大学士每期派出一支战队相互比拼。

在总决赛中，最后的八强战队角逐冠亚季军。

## 二、《唐诗风云会》

### （一）赛制

分为平行赛、晋级赛、总决赛。

### （二）竞赛形式

节目采取"平行赛、晋级赛、总决赛"的赛制模式进行。在整体节目环节的设置上加入了娱乐元素，有"众里寻她""唐诗流韵""挑灯觅句"三个环节。面向全国 13 城海选，通过高校、社区唐诗海选赛等线下活动，广泛寻找高水准、有特色、有故事、有文化符号感、有表现力和话题的选手作为唐诗悍将参赛，同时扩大全国影响力。





## 三、《诗歌之王》

### （一）赛制

分为舞台竞演、踢馆赛、守擂淘汰赛、决赛。

### （二）竞赛形式

两期一轮。每期设立不同的主题，同时设立"诗评团"为节目的评审团队,并为各表演战队打分。十二场竞演的主题分别是遇见(旧诗新韵)、旧韵新诗、青春、亲情、梦想、致敬经典、故乡、团圆、春天、童年、感恩、荧屏记忆,第一季总决赛的主题是中国爱。每轮第二场接受踢馆战队的挑战。若踢馆战队成绩达到当场前三名,则守擂的6支战队中两场综合票数最低的战队被淘汰。若未能跻身前三,则踢馆失败。第13场进行终极PK,决出本季"诗歌之王"。

**四、《中国诗词大会》(共五季加中秋特别节目)**

(一) 赛制

第一季:个人追逐赛、攻擂资格争夺赛、擂主争霸赛。

第二季:个人追逐赛、攻擂资格争夺赛、擂主争霸赛。

第三季:个人追逐赛、攻擂资格争夺赛、擂主争霸赛。

第四季:个人追逐赛、攻擂资格争夺赛、擂主争霸赛。

第五季:个人追逐赛、攻擂资格争夺赛、擂主争霸赛。

中秋特别节目:家庭分组战、总决赛。

(二) 竞赛形式

1. 第一季:

比赛由个人追逐赛、攻擂资格争夺赛、擂主争霸赛三部分组成。通过抽签产生五位挑战者参加个人追逐赛的比拼,百人挑战团与选手共同答题,如果百人挑战团答错,其面前的战船将被击沉,每道题的沉船数量即为挑战者的得分,每位挑战者最多可答10道题,五位挑战者中总分最高的一位与百人挑战团中得分最高且最快的选手将有资格成为攻擂者,共同进入擂主争霸赛,争夺本场擂主席位。十场攻擂守擂比赛结束后,最终擂主为冠军。

2. 第二季:

比赛由个人追逐赛、攻擂资格争夺赛、擂主争霸赛三部分组成。场上四位挑战者将参加个人追逐赛的比拼，百人挑战团与选手同步答题，如果百人挑战团答错，其面前的盾牌将被击碎，每道题击碎的盾牌数量即为挑战者的得分，每位挑战者最多可答 9 道题，四位挑战者中总分最高的一位与百人挑战团中得分最高且最快的选手将有资格成为攻擂者，两人共同进入擂主争霸赛，争夺本场擂主席位。十场攻擂守擂比赛结束后，最终擂主为冠军。

3. 第三季：

比赛由个人追逐赛、攻擂资格争夺赛、擂主争霸赛三部分组成。场上四位挑战者将参加个人追逐赛的比拼，百人挑战团与选手同步答题，如果百人挑战团答错，其面前的城门将被攻破，攻破的城门数量即为挑战者的得分，每位挑战者最多可答 8 道题，四位挑战者中总分最高的一位与百人挑战团中得分最高且最快的选手将有资格成为攻擂者，两人共同进入擂主争霸赛，争夺本场擂主席位。十场攻擂守擂比赛结束后，最终擂主为冠军。

节目组组建少儿团、青年团、百行团（来自全国各行各业的人）、搭档团（同事关系、朋友关系、夫妻关系），四个团共同组成百人团，另备预备团（预备团中的前四位可通过分数比拼进入百人团）。

4. 第四季：

比赛由个人追逐赛、攻擂资格争夺赛、擂主争霸赛三部分组成。

场上四位挑战者将参加个人追逐赛的比拼，百人挑战团与选手同步答题，如果百人挑战团答错，其面前的花朵将会消失，消失花朵的数量即为挑战者的得分，每位挑战者最多可答 6 道题，答错将进入绝地反击的自救环节，自救成功将继续答题，失败则终止比赛。绝地反击环节分为横扫千军（选手须和 12 位百人团选手对抗飞花令，说不出诗句者即为失败）、出口成诗（选手须在 150 秒的时间内，说出与大屏幕上 12 个关键词相关联的 12 联诗句）、你说我猜（选手须在 180 秒的时间内和点评嘉宾一起搭档，答对 8 道题目，可以有两次说“过”的机会），选手随机选择一种方式自救。总分最高者将进入攻擂资格争夺赛。

攻擂资格争夺赛中分为飞花令（关键字传令）、超级飞花令（关键字加主题词传令）、诗词接龙（两位选手轮流说出首尾相接的诗句，同字或同音均可）。现场从百人团和预备团中选出成绩最好的选手上场比拼，三人共同进入这三轮比拼，获胜者将进入擂主争霸赛。

擂主争霸赛共有九道抢答题，抢到并答对者得一分，答错则对方得分，率先获得五分者即为本场擂主。前期擂主与新任擂主比拼，十期结束后，最终决出冠军。

节目组组建少儿团、青年团、百行团（来自全国各行各业的人）、搭档团（同事关系、朋友关系、夫妻关系），四个团共同组成百人团，另备预备团（预备团中的前四位可通过分数比拼进入百人团）。

5. 第五季：

比赛由个人追逐赛、攻擂资格争夺赛、擂主争霸赛三部分组成。

在个人追逐赛中，场上选手与百人挑战团同步答题，如果百人挑战团答错，其面前的盾牌将会被击碎，击碎的数量即为选手得分，每位挑战者最多可答 5 道题，答错将进入绝地反击的自救环节，自救成功将继续答题，失败则终止比赛。绝地反击环节分为横扫千军（选手须和 12 位百人团选手对抗飞花令，说不出诗句者即为失败）、出口成诗（选手须在 150 秒的时间内，说出与大屏幕上 12 个关键词相关联的 12 联诗句）、你说我猜（选手须在 180 秒的时间内和点评嘉宾一起搭档，答对 8 道题目，可以有两次说“过”的机会），选手随机选择一种方式自救，总分最高者将进入攻擂资格争夺赛。

攻擂资格争夺赛中分为单字飞花令（关键字传令）、组合飞花令（关键字加主题词或者两个关键字传令）、同字飞花令（说出含有两个相同或是相邻字的诗词）。最终攻擂名额通过飞花令的比拼产生。两人共同进入这两轮比拼，获胜者将成为本期攻擂擂主，并进入擂主争霸赛。擂主争霸赛共有九道抢答题，抢到并答对者得一分，答错则对方得分，率先获得五分者即为本场擂主。从第二期比赛开始，擂主争霸赛将是前期擂主与新任擂主比拼，十期结束后，最终决出冠军。

节目组组建少儿团、青年团、百行团（来自全国各行各业的人）、家庭团，四个团共同组成百人团，另备预备团（预备团中的前四位可通过分数比拼进入百人团）。

6.《2020 中秋诗会》（《中国诗词大会》特别节目）

共五个环节，分别为：同舟共济、画中有诗、心有灵犀、你说我猜、组合飞花令。在“同舟共济”环节中，场上 3 组家庭共答 4 道题，每题只有两人同时答对才能得 1 分。“画中有诗”环节，嘉宾根据画作，同时抢答 3 道题，抢到并答对的家庭得 1 分，答错则失去本题抢答机会，其他家庭可以继续抢答。“心有灵犀”环节考验家庭成员的默契度，该环节没有标准答案，关键在于两个人是否给出了同样的选择。“你说我猜”环节中，两组家庭依次上场，其中一人可使用肢体和语言描述所给诗词，另一人猜诗词，描述语言不能与题面中的任何字重合，否则本题无效。答对一题得 1 分，答题时间为 180 秒，得分最高的家庭可进入第三场总决赛。第五环节是“组合飞花令”，家庭成员依次上场，一人投掷一个骰子，选手根据骰子上随机出现的字进行组合，说出一句或两句诗词，每组家庭答题时间为180秒，有五次说“过”的机会，得分最高的家庭为《中秋诗会》总冠军。

## 五、《诗书中国》

### (一) 赛制

分为家庭挑战赛、“君子之争”对战赛、擂主赛。

### (二) 竞赛形式

《诗书中华》围绕“诗礼传家”“诗教家风”的主题，以家庭两人一组的形式进行对战，通过“曲水流觞”的方式从42组参赛家庭里随机选择一组家庭，进行“家有诗书”挑战赛。两位家庭成员需要共同协作，在规定时间内，通过接上下联的方式答题。顺利通过挑战赛的家庭将进入“君子之争”对战赛，七题答对四题则成为实时擂主，擂主之间进行对决，最终8组家庭有进入半决赛的资格。半决赛是8晋4，最后从4组家庭中产生冠亚季军。

## 六、《向上吧！诗词》

### (一) 赛制

“打关”模式。从“英雄挑战团”中脱颖而出者，将获得闯关机会，逐层挑战“荣耀守关团”。

### (二) 竞赛形式

共分为四个环节。在“打关”模式中，从100位诗词爱好者组成的“英雄挑战团”中脱颖而出者，将获得闯关机会，逐层挑战“荣耀守关团”。在“荣耀守关团”挑战赛中，由40位萌娃“坚守”第一层关卡，其余四层分别是外国友人、博士团、冠军团以及名师团。挑战者逐层闯关。最终6位选手进入决赛。在名师挑战赛中，前四层闯关成功后，挑战者将可以站在由刘震云、纪连海、蒋方舟等文化名人组成的“向上名师团”面前。决赛为百位诗词英雄和百位荣耀守关者进行对决，分为“向上突围赛”和“巅峰对决赛”，往期节目中遗憾止步于名师团的选手，可以向荣耀守关团发起挑战，获胜者将进入“巅峰对决赛”，与成功打败名师团的三位选手争夺总冠军。

## 七、《诗意中国》(共两季)

### (一) 赛制

第一季：争夺线索、信息推理、进入诗意盛景。

第二季：答题、线索推理、获得奖品。

### (二) 竞赛形式

1. 第一季：推理、答题形式。

五位参与嘉宾化身诗意探寻者，共同推理还原一番雅致的诗意盛景，每位嘉宾自备题目而来，在问答中，争夺与推理盛景相关线索，每轮出题者出题前，随机抽取携带线索的诗意百人团中任意一名观众锁定线索，出题后，若该题全员答对，则出题者无法获得线索，线索由其他嘉宾共享，若有对有错，则出题者和答对嘉宾共享线索，若全员答错，则该轮线索作废，五轮问答结束后，嘉宾根据掌握的线索进行推理，正确率最高的嘉宾可进入诗意盛景。

2. 第二季：推理、答题形式。

每期共设有三个答题环节，每个环节由诗意出题官出题，三位嘉宾参与答题，每轮答对的嘉宾，都可以获得一条推理线索，最终嘉宾需要根据手中掌握的线索与方阵共同推理出与当期主题相关的文学作品名篇，推理胜出的嘉宾和方阵将获得节目组送出的联名手信。

## 八、《我爱古诗词》

### (一) 赛制

分为初赛、淘汰赛、决赛。

(二) 竞赛形式

共五个环节,分别为:先声夺人、尺璧寸阴、千钧一发、脱颖而出、一见如故。

在"先声夺人"环节中,选手通过抢答决定答题顺序,选择不同的主题并回答背后引申出的题目,每答对1题即获得10个能量值,其中一个主题含有附加题,即多一次答题机会,主题内共设置成语猜诗题、判断题、情景答诗题。第二环节为"尺璧寸阴",本题为亲子互动题,每组选手和一位家长共同答题,一人描述一人猜,三人轮流进行,描述过程中不得出现题目中的汉字和同音字,如犯规,则该题作废,本轮答题时间为180秒,选手每答对一题即可获得10个能量值。第三个环节为"千钧一发",本轮为抢答题,选手根据主持人给出的提示进行抢答,回答正确则获得10个能量值,回答错误则扣除10个能量值,本轮中每组有一次向家长求助的机会。第四个环节是"脱颖而出",10位选手轮流答题,答对继续,答错离场,站到最后的选手所代表的组合将获得本场第一个锦囊,直接进入终极答题。第五个环节是"一见如故",题板上每四个词条可以关联一位人物,选手通过接力的形式,每次选择一个词条,每成功关联出一个人物,即可获得10个能量值,每组答题时间为120秒。

**九、《奇妙的诗词》**

(一) 赛制

分为个人挑战赛、总决赛。每场比赛共3个环节,每期有一个擂主,积分最高者为擂主,决赛从擂主中选出冠军。

(二) 竞赛形式

共有以诗会友、诗词大绘、触景生句三个环节。

"以诗会友"环节以飞花令的形式进行,根据大屏幕给出的限定条件,五位选手轮流答出符合条件的诗句。在限定时间内,当选手无法回答时，即为失败，本关结束后，前三位选手进入第二关。“诗词大绘”环节由“漫画猜诗”和“图片线索题”两种题型组成。选手根据画面信息进行抢答，答对积一分，本关结束后，积分排名前两位的选手进入第三关。在“触景生句”环节中，根据大屏幕给出的情景，两位选手轮流答出符合情景的诗句，当有选手无法回答或回答诗句不符合要求时即为失败。

以上是对九档电视诗词竞赛的赛制和竞赛形式的简单介绍，希望能帮助诗词爱好者和参赛人员了解目前诗词竞赛的流程，读者也可根据自己的需求进行选择阅读。



# 附录二　飞花令集锦

下面选取常见的诗歌意象作为对象，简要做一个飞花令集锦。选取的意象有春、花、月、夜、风、云、山、人、酒、暖等。

## 一、春

1. 等闲识得东风面，万紫千红总是**春**。　宋・朱熹《春日》
2. **春**眠不觉晓，处处闻啼鸟。　唐・孟浩然《春晓》
3. 好雨知时节，当**春**乃发生。　唐・杜甫《春夜喜雨》
4. 人闲桂花落，夜静**春**山空。　唐・王维《鸟鸣涧》
5. 小楼一夜听**春**雨，深巷明朝卖杏花。

　宋・陆游《临安春雨初霁》
6. **春**江潮水连海平，海上明月共潮生。

　唐・张若虚《春江花月夜》
7. 无意苦争**春**，一任群芳妒。　宋・陆游《卜算子・咏梅》
8. **春**风得意马蹄疾，一日看尽长安花。　唐・孟郊《登科后》

9. **春**色满园关不住，一枝红杏出墙来。

宋・叶绍翁《游园不值》

10. 五原**春**色旧来迟，二月垂杨未挂丝。　唐・张敬忠《边词》

## 二、花

1. 夜来风雨声，**花**落知多少。　唐・孟浩然《春晓》

2. 何须浅碧深红色，自是**花**中第一流。　宋・李清照《鹧鸪天》

3. 人闲桂**花**落，夜静春山空。　唐・王维《鸟鸣涧》

4. 感时**花**溅泪，恨别鸟惊心。　唐・杜甫《春望》

5. **花**谢花飞花满天，红消香断有谁怜。　清・曹雪芹《葬花吟》

6. 春**花**秋月何时了，往事知多少。　五代・李煜《虞美人》

7. **花**开堪折直须折，莫待无**花**空折枝。　唐・杜秋娘《金缕衣》

8. **花**间一壶酒，独酌无相亲。　唐・李白《月下独酌》

9. 桃**花**仙人种桃树，又摘桃**花**换酒钱。　明・唐寅《桃花庵歌》

10. 不知近水**花**先发，疑是经冬雪未销。　唐・张谓《早梅》

11. 中庭地白树栖鸦，冷露无声湿桂**花**。

唐・王建《十五夜望月寄杜郎中》

12. 白雪却嫌春色晚，故穿庭树作飞**花**。　唐・韩愈《春雪》

13. 黄四娘家**花**满蹊，千朵万朵压枝低。

唐・杜甫《江畔独步寻花》

14. 春风得意马蹄疾，一日看尽长安**花**。　唐・孟郊《登科后》

15. 莫道不消魂，帘卷西风，人比黄**花**瘦。

宋・李清照《醉花阴》

16. 去年今日此门中，人面桃**花**相映红。人面不知何处去，桃**花**依旧笑春风。　唐・崔护《题都城南庄》

17. 侬今葬**花**人笑痴，他年葬侬知是谁。清・曹雪芹《葬花吟》

18. 忽如一夜春风来，千树万树梨**花**开。

唐·岑参《白雪歌送武判官归京》

19. 不见五陵豪杰墓，无**花**无酒锄作田。明·唐寅《桃花庵歌》

20. 接天莲叶无穷碧，映日荷**花**别样红。

宋·杨万里《晓出净慈寺送林子方》

21. 朱雀桥边野草**花**，乌衣巷口夕阳斜。唐·刘禹锡《乌衣巷》

22. 待到山**花**烂漫时，她在丛中笑。毛泽东·《卜算子·咏梅》



## 三、月

1. 春江潮水连海平，海上明**月**共潮生。

唐·张若虚《春江花月夜》

2. 明**月**几时有，把酒问青天。

宋·苏轼《水调歌头·明月几时有》

3. 不知细叶谁裁出，二**月**春风似剪刀。　唐·贺知章《咏柳》

4. 人间四**月**芳菲尽，山寺桃花始盛开。

唐·白居易《大林寺桃花》

5. 春宵一刻值千金，花有清香**月**有阴。　宋·苏轼《春宵》

6. 可怜九月初三夜，露似真珠**月**似弓。唐·白居易《暮江吟》

7. **月**上柳梢头，人约黄昏后。　宋·欧阳修《生查子·元夕》

8. 停车坐爱枫林晚，霜叶红于二**月**花。　唐·杜牧《山行》

9. **月**下飞天镜，云生结海楼。　唐·李白《渡荆门送别》

10. 七**月**在野，八**月**在宇，九**月**在户，十**月**蟋蟀入我床下。

先秦《诗经·国风·七月》

11. 九**月**寒砧催木叶，十年征戍忆辽阳。唐·沈佺期《独不见》

12. 凉**月**如眉挂柳湾，越中山色镜中看。

唐·戴叔伦《蓝溪棹歌》

13. 古人今人若流水，共看明**月**皆如此。唐·李白《把酒问月》

14. 梦到故园多少路，酒醒南望隔天涯，**月**明千里照平沙。

宋・苏轼《浣溪沙・山色横侵蘸晕霞》

## 四、夜

1. 随风潜入**夜**，润物细无声。 唐・杜甫《春夜喜雨》

2. **夜**来风雨声，花落知多少。 唐・孟浩然《春晓》

3. 昨**夜**星辰昨夜风，花楼西畔桂堂东。 唐・李商隐《无题》

4. 今**夜**不知何处宿，平沙万里绝人烟。 唐・岑参《碛中作》

5. 昨**夜**西风凋碧树，独上高楼，望尽天涯路。

宋・晏殊《蝶恋花》

6. 今**夜**偏知春气暖，虫声新透绿窗纱。 唐・刘方平《月夜》

7. 小楼昨**夜**又东风，故国不堪回首月明中。

五代・李煜《虞美人》

8. 小楼一**夜**听春雨，深巷明朝卖杏花。

宋・陆游《临安春雨初霁》

9. 月黑雁飞高，单于**夜**遁逃。

唐・卢纶《和张仆射塞下曲》(其三)

10. 昨**夜**见军帖，可汗大点兵。 南北朝・无名氏《木兰诗》

11. **夜**阑卧听风吹雨，铁马冰河入梦来。

宋・陆游《十一月四日风雨大作二首》(其二)

12. 洞房昨**夜**停红烛，待晓堂前拜舅姑。

唐・朱庆馀《近试上张籍水部》

13. 林暗草惊风，将军**夜**引弓。

唐・卢纶《和张仆射塞下曲》(其二)

14. **夜**来幽梦忽还乡，小轩窗，正梳妆。 宋・苏轼《江城子》

15. 二十四桥明月**夜**，玉人何处教吹箫。

唐・杜牧《寄扬州韩绰判官》

16. 二十五弦弹夜月，不胜清怨却飞来。 唐·钱起《归雁》

17. 借问梅花何处落，风吹一夜满关山。

唐·高适《塞上听吹箫》

18. 夜阑风静縠纹平，小舟从此逝，江海寄余生。

宋·苏轼《临江仙·夜归临皋》

## 五、风

1. 风吹柳花满店香，吴姬压酒劝客尝。

唐·李白《金陵酒肆留别》

2. 桃李春风一杯酒，江湖夜雨十年灯。

宋·黄庭坚《寄黄几复》

3. 风急天高猿啸哀，渚清沙白鸟飞回。 唐·杜甫《登高》

4. 人面不知何处去，桃花依旧笑春风。

唐·崔护《题都城南庄》

5. 千里黄云白日曛，北风吹雁雪纷纷。 唐·高适《别董大》

6. 帘卷西风，人比黄花瘦。

宋·李清照《醉花阴·薄雾浓云愁永昼》

7. 北风卷地白草折，胡天八月即飞雪。

唐·岑参《白雪歌送武判官归京》

8. 忽如一夜春风来，千树万树梨花开。

唐·岑参《白雪歌送武判官归京》

9. 柴门闻犬吠，风雪夜归人。

唐·刘长卿《逢雪宿芙蓉山主人》

## 六、云

1. 黄河远上白云间，一片孤城万仞山。

唐·王之涣《凉州词二首》（其一）

2. 远上寒山石径斜，白云生处有人家。　　唐·杜牧《山行》

3. 只在此山中，云深不知处。　　唐·贾岛《寻隐者不遇》

4. 不畏浮云遮望眼，自缘身在最高层。

唐·王安石《登飞来峰》

5. 千里黄云白日曛，北风吹雁雪纷纷。　　唐·高适《别董大》

6. 黑云翻墨未遮山，白雨跳珠乱入船。

宋·苏轼《六月二十七日望湖楼醉书》

7. 晴空一鹤排云上，便引诗情到碧霄。　　唐·刘禹锡《秋词》

8. 黑云压城城欲摧，甲光向日金鳞开。

唐·李贺《雁门太守行》

9. 云想衣裳花想容，春风拂槛露华浓。

唐·李白《清平调词三首》(其一)

10. 曾经沧海难为水，除却巫山不是云。

唐·元稹《离思五首》(其四)

11. 一枝红艳露凝香，云雨巫山枉断肠。

唐·李白《清平调词三首》(其二)

12. 行到水穷处，坐看云起时。　　唐·王维《终南别业》

13. 三十功名尘与土，八千里路云和月。　　宋·岳飞《满江红》

14. 云青青兮欲雨，水澹澹兮生烟。

唐·李白《梦游天姥吟留别》

15. 好风凭借力，送我上青云。　　清·曹雪芹《临江仙》

16. 越人语天姥，云霞明灭或可睹。

唐·李白《梦游天姥吟留别》

17. 总为浮云能蔽日，长安不见使人愁。

唐·李白《登金陵凤凰台》

18. 浮云游子意，落日故人情。　　唐·李白《送友人》

19. 浮云蔽白日，游子不顾返。

汉·无名氏《古诗十九首·行行重行行》

## 七、山

1. 山外青山楼外楼，西湖歌舞几时休。 宋·林升《题临安邸》

2. 男儿何不带吴钩，收取关山五十州。

唐·李贺《南园十三首》(其五)

3. 青山依旧在，几度夕阳红。

明·杨慎《临江仙·滚滚长江东逝水》

4. 但使龙城飞将在，不教胡马度阴山。 唐·王昌龄《出塞》

5. 青山横北郭，白水绕东城。 唐·李白《送友人》

6. 远上寒山石径斜，白云生处有人家。 唐·杜牧《山行》

7. 钟山风雨起苍黄，百万雄师过大江。

毛泽东《七律·人民解放军占领南京》

8. 只在此山中，云深不知处。 唐·贾岛《寻隐者不遇》

9. 埋骨何须桑梓地，人生无处不青山。 毛泽东《留呈父亲》

10. 千里莺啼绿映红，水村山郭酒旗风。

唐·杜牧《江南春绝句》

11. 一往情深深几许，深山夕照深秋雨。

清·纳兰性德《蝶恋花·出塞》

12. 不识庐山真面目，只缘身在此山中。宋·苏轼《题西林壁》

13. 相看两不厌，只有敬亭山。 唐·李白《独坐敬亭山》

14. 槲叶落山路，枳花明驿墙。 唐·温庭筠《商山早行》

15. 江山如画，一时多少豪杰。宋·苏轼《念奴娇·赤壁怀古》

## 八、人

1. 人生自古谁无死，留取丹心照汗青。

宋·文天祥《过零丁洋》

2. 人间四月芳菲尽，山寺桃花始盛开。

唐・白居易《大林寺桃花》

3. 人生得意须尽欢，莫使金樽空对月。 唐・李白《将进酒》

4. 人生天地间，忽如远行客。 《古诗十九首・青青陵上柏》

5. 春去花还在，人来鸟不惊。 宋・无名氏《画》

6. 人烟寒橘柚，秋色老梧桐。 唐・李白《秋登宣城谢朓北楼》

7. 人闲桂花落，夜静春山空。 唐・王维《鸟鸣涧》

## 九、酒

1. 天若不爱酒，酒星不在天。

唐・李白《月下独酌四首》(其二)

2. 明月几时有，把酒问青天。 宋・苏轼《水调歌头》

3. 地若不爱酒，地应无酒泉。

唐・李白《月下独酌四首》(其二)

4. 对酒当歌，人生几何，譬如朝露，去日苦多。

三国魏・曹操《短歌行》

5. 桃李春风一杯酒，江湖雨夜十年灯。

宋・黄庭坚《寄黄几复》

6. 对酒当歌，强乐还无味。 宋・柳永《蝶恋花》

7. 酒债寻常行处有，人生七十古来稀。

唐・杜甫《曲江二首》(其二)

8. 金樽清酒斗十千，玉盘珍羞直万钱。

唐・李白《行路难三首》(其一)

9. 浊酒一杯家万里，燕然未勒归无计。

宋・范仲淹《渔家傲・秋思》

10. 明月楼高休独倚，酒入愁肠，化作相思泪。

宋・范仲淹《苏幕遮・怀旧》

11. 艰难苦恨繁霜鬓，潦倒新停浊**酒**杯。　唐·杜甫《登高》

12. 岑夫子，丹丘生，将进**酒**，杯莫停。　唐·李白《将进酒》

13. 陈王昔时宴平乐，斗**酒**十千恣欢谑。　唐·李白《将进酒》

14. 五花马，千金裘，呼儿将出换美**酒**，与尔同销万古愁。

唐·李白《将进酒》

15. 劝君更尽一杯**酒**，西出阳关无故人。

唐·王维《送元二使安西》

16. 新丰美**酒**斗十千，咸阳游侠多少年。

唐·王维《少年行四首》(其一)

## 十、暖

1. **暖**风熏得游人醉，直把杭州作汴州。　宋·林升《题临安邸》

2. 风**暖**鸟声碎，日高花影重。　唐·杜荀鹤《春宫怨》

3. 溧阳公主年十四，清明**暖**后同墙看。

唐·李商隐《无题四首》(其四)

4. 竹外桃花三两枝，春江水**暖**鸭先知。

宋·苏轼《惠崇春江晚景二首》(其一)

5. 柳困玉楼空，花落红窗**暖**。相对语春愁，只有春闺燕。

南宋·周紫芝《生查子·青丝结晓鬟》

6. 唯见月寒日**暖**，来煎人寿。　唐·李贺《苦昼短》

7. 池塘水绿春微**暖**。记得玉真初见面。

宋·欧阳修《玉楼春·池塘水绿春微暖》

以上只是选取了古代诗歌中极少的一部分进行了归纳，各位读者在平时阅读的过程中要注意归纳总结，慢慢积累出属于自己的一个"飞花令"题库。

# 附录三　诗词类书目推荐

诗歌是中华民族灿烂的瑰宝，学习者要真正提高自己的诗词修养，关键还在于沉潜的阅读。古人说，书读百遍，其义自见。在不断的阅读中，会对诗歌产生语感，结合自己的人生阅历，会逐渐形成深入的认知与体悟。清代衡塘退士编《唐诗三百首》成为后世学习唐诗的经典读本。所谓“熟读唐诗三百首，不会作诗也会吟”，在今天，阅读仍然是我们学习古典诗词的一个不二法门。

这里向大家推荐一些相关书目，皆为金针度人之书。以类相从，兹分三类：诗词鉴赏类、诗歌理论类与词谱类。读者既可以从中领悟诗词之美，亦可以从中学习诗歌批评的方法与理论，对诗歌形成系统的、有方法论的鉴赏。同时，词谱之书可为热衷于创作者略指门径。

## 一、诗词鉴赏类

### 1 《瀛奎律髓》

《瀛奎律髓》是唐宋五、七言律诗总集，元代方回编选。本书专选唐宋两代的五、七言律诗，故名“律髓”。自谓取十八学士登瀛洲、五星照奎之义，故称“瀛奎”。共选唐代作家 180 余家，宋代作家 190 余家。方回推崇杜甫，赞扬杜甫夔州以后的诗达到了“剥落浮华”的境界。但方回选诗，并不只凭一己偏爱，而是注意到不同流派。如入选宋诗，有江西派、四灵体、江湖派，也选西昆体，还赞扬西昆体作者杨亿“组织故事有绝佳者”。此书分 49 类，每类有题解，说明这类诗的性质和特点。不过分类过于琐细，且以类选诗，往往强取充数。如卷 9《睢阳五老图》等诗，并非佳作，亦被选入。然宋代诸集，不尽传于今者，颇赖以窥其鳞爪。每诗之后，多附以评语。评语中有不少好的见解，也保存了一些宋代文人的遗闻轶事。现有李庆甲先生《瀛奎律髓汇评》，由上海古籍出版社出版。

### 2 《绝妙好词》

《绝妙好词》是南宋周密编选的一本词集，全书七卷，始于张孝祥，终于仇远，共收词人132家，选词390首。所录作品基本上按作者的时代先后分卷排列。其中所选重点作家的词作，除周密本人《草窗词》之外，数量较多的有姜夔《白石道人歌曲》、卢祖皋《蒲江词》、史达祖《梅溪词》、陈允平《西麓词》、李彭老与李莱老《龟溪二隐词》、王沂孙《碧山词》等十数种。以上各家，风格大体相近，都是南宋时期有影响的婉约派词人。

### 3 《唐诗鉴赏辞典》

《唐诗鉴赏辞典》由萧涤非等人编撰。本书融工具书和文学赏析读物为一体，开创了中国辞书新品种。选收唐诗名篇1105篇，全书约180万字。《唐诗鉴赏辞典》(精装)为文学鉴赏辞典系列的第一部。选收唐诗名篇1105篇，由萧涤非、程千帆、马茂元、周汝昌、周振甫、霍松林等古典文学专家撰写赏析文章。对诗的理解、分析，当力求正确，但从来诗无达诂，本着百家争鸣的方针，也容许有不同见解。附带要说明的是：唐诗版本流传较多，常有异文，本书择善而从。

《唐诗鉴赏辞典》旨在介绍唐诗之精华。它搜集了190多位诗人的一千余篇作品，出自大家、名家之手，流传万口的名篇，固然都在网罗之列；同时，也选采了许多不见录于一般选本的遗珠。唐诗是我国文学史上的一颗光辉灿烂的明珠，千年来一直为人们传诵不衰。本书所收唐诗作品面广，各种艺术流派的诗篇兼收并蓄，较全面地展现了唐诗绚丽多彩的艺术风姿。另配有唐代诗人和历代有关书画作品及“诗人小传”等多种附录。

### 4《宋诗鉴赏辞典》

《宋诗鉴赏辞典》由缪钺先生编撰。全书共收 253 位宋代诗人的作品 1040 题，计 1253 首。正文中作家的排列，大致以生年先后为序，个别情况则依据卒年；生卒年无考者，则以在世年代先后为序。同一诗人之作，凡所收作品较多者，大致以编年顺序排列。《宋诗鉴赏辞典》的赏析文章，大体是每题一篇；亦有一题分数篇者或数题合为一篇者，视撰写需要而定。《宋诗鉴赏辞典》使用简化字，在可能产生歧义时，酌用繁体字或异体字。宋诗是中国诗歌史上的又一个高峰，是唐诗之后的新创。宋诗讲求理趣、平淡等，开拓了唐诗以外的新境界，为中国诗歌史提供了新的美学风范。读《鉴赏辞典》能让我们更加体味宋诗的老成之美。

### 5《唐宋词鉴赏辞典》

《唐宋词鉴赏辞典》分《唐·五代·北宋》和《南宋·辽·金》两册，《唐宋词鉴赏辞典》是上海辞书出版社中国文学鉴赏辞典系列中的重要品种。《唐·五代·北宋》部分由周汝昌、缪钺、叶嘉莹等人撰写，《南宋·辽·金》由丁鸿杰等撰写，皆属集体编撰。该书初版于 20 世纪 80 年代后期，编者精心选目，并延请国内外专家撰写赏文，打造出继《唐诗鉴赏辞典》之后的又一文学鉴赏精品，面世以来在广大读者中久负盛誉，长销不衰。

因编撰历时已久，原书不少信息已显陈旧，不及反映词学界最新的研究成果，故出版社延请词学研究名家钟振振、王兆鹏、刘尊明等诸位先生，对原书赏析文、词学书目及诗人小传等内容进行深入修订，推出《唐宋词鉴赏辞典》第二版。此版改正原书舛讹，增补新材料，酌删少量篇目，充分吸收近年来词学研究成果，使全书质量更上层楼，更能满足读者需求。

### 6 《唐宋词十七讲》

《唐宋词十七讲》是由叶嘉莹先生的演讲稿整理而成的。在本书中，叶教授不仅带我们探寻了词的本源，推究了词精深微妙的文学特征，还为我们引介了在中国词史上占据重要地位的词人。虽然本书是一本以词为名，意在讲词的书，但叶嘉莹先生却在其中注入了她作为一位学者与国学大家的严谨认真的态度、实事求是的精神、旁征博引的能力以及精深高妙的诗词功底。

《唐宋词十七讲》一书中可以看到引用较多西方文学理论的重要原因。将现代西方文论与中国古典诗词相对接，不仅展示了叶嘉莹作为一个学者的包容与严谨，更体现出她对中国古典诗词堪称精湛的驾驭技巧。叶嘉莹从词的源流讲起，且确定了自己在讲解和评赏时的两个重点：第一点，每一个作者个人的风格特色；第二点，这个作者在词的发展历史之中，所起的作用，所占的地位。本书所选取的温庭筠、韦庄、冯延巳、李璟、李煜、晏殊、欧阳修、晏几道、柳永、苏轼、秦观、周邦彦、辛弃疾、姜夔、吴文英、王沂孙16人均是中国词史上对词的发展与拓展有所建树、有所贡献的词人，这些词人代表着词在不同时期的发展特征，进而通过精讲各人创作之风格、对词境之开拓建构起一部完整的唐宋词史。如此一来，读者不仅看到了词这种文学体裁在时间上的延续发展，也看到了词在不同时期内容承载的变迁与情感寄寓的多样性。

## 二、诗歌理论类

### 1 《历代诗话》

《历代诗话》的作者是清代何文焕，近代人丁福保有《历代诗话续编》为之补充。共收诗话 29 种，其中包括天一阁藏的《观林诗话》、《永乐大典》中的《藏海诗话》、明抄本《艇斋诗话》等一些罕见的本子乃至孤本。书后附有人名索引。

此书收录的诗话，在当时以至后来都有一定影响，如记载掌故的《本事诗》，论述诗艺诗法的《风骚旨格》，纠正苏黄偏重用事押韵之流弊的《岁寒堂诗话》，专讲诗学理论的《艺苑卮言》，评论诗人得失的《诗镜总论》，追溯源流体制的《江西诗派小序》等等，对研究我国文学批评理论和文学史都有其参考价值。



## 2 《人间词话》

《人间词话》是王国维所著的一部文学批评著作。《人间词话》作于 1908—1909 年，最初发表于《国粹学报》。该作是作者接受了西洋美学思想之洗礼后，以崭新的眼光对中国旧文学所作的评论，具有划时代的意义，向来极受学术界重视。

王国维根据其文艺观，把多种多样的艺术境界划分为三种基本形态："上焉者，意与境浑；其次，或以境胜；或以意胜。"王国维比较科学地分析了"景"与"情"的关系和产生的各种现象，在中国文学批评史上第一次提出了"造境"与"写境"，"理想"与"写实"的问题。同时，最主要的是总结性提出"境界说"。"境界说"是《人间词话》的核心，统领其他论点，又是全书的脉络，沟通全部主张。王国维不仅把它视为创作原则，也把它当作批评标准，论断诗词的演变，评价词人的得失，作品的优劣，词品的高低，均从"境界"出发。王国维的《人间词话》中西结合，在当时新旧两代的读者中产生了重大反响，在中国近代文学批评史上具有崇高的地位。本书目前可见版本众多。

## 三、词谱类

### 1《唐宋词格律》

《唐宋词格律》由龙榆生所著，专讲唐宋词的体制格律。每一词牌附有“定格”“变格”等词格，标明句读、平仄和韵位。每一词格附有一首至数首唐宋词人的作品，供参考比较。这些都能帮助我们全面理解唐宋词的体制格律。同时，书中所列举的作品，虽然只是作为例子来引证，因所选的词多数是历来传诵的名作，所以本书也可作为唐宋词的选本。本书共收词牌百余调，其中大多数是唐宋词中常见的。每一词牌都说明它的产生来历和演变情况，间或指出适宜表达何种情感及其中某些特定的句法和字声。

同时，本书可配合龙榆生先生《词学十讲》共同研读。

### 2《白香词谱》

《白香词谱》由清朝舒梦兰编选。词谱选录了由唐朝到清朝的作品共 100 篇，凡 100 调。这些调式都是较为通用的，小令、中调、长调均有。为便于初学者，每调还详细列注平仄韵读，成为真正的词谱。

《白香词谱》同时又是一本简明词选。所选的词都是比较著名的或者艺术性较高的，好些是历久传诵不衰的名作。它兼收并蓄，不主一家，既收婉约，也收豪放，是一本不可多得的好选本。

### 3《诗词读写丛话》

《诗词读写丛话》的作者是张中行。此书的内容分为赏诗、学诗、写诗三部分。此书先用部分诗词进行导入阅读，再分章讲述情意和诗境、写作和吟味。张先生认为读诗要以“情”为骨髓，对于诗意的把握，既要参考旧解，也要有自己的体悟。读诗要通过诗句把握其意义，进而体会诗人抒发的情意和诗的整体诗境。此外，《诗词读写丛话》将更多的篇幅集中于学诗和写诗，张先生详细地叙述了古体诗、近体诗、词的格律，又详细地介绍了押韵和对偶。情是试作诗词的资本，情须为正情。捕捉诗情既可以用偷巧的明借、暗借、用事的方法，也可用景语固情语。张先生还将自己如何用押韵、平仄、对偶、用典、次韵、集句、选词、标题、布局成篇的小技巧也写入书中，供初学者选择学习和使用。《诗词读写丛话》一书倾向以古人词作为样本，保有旧质，这也是该书一直备受质疑的部分。

### 4 《诗词格律》

《诗词格律》的作者是王力。此书主要讲了诗词格律的一些概念、诗律、词律、诗词的节奏及其语法特点。作者在“诗词格律概念”一章中分节叙述韵、四声、平仄、对仗；在“诗律”一章中分节叙述诗的种类（古体和近体、五言和七言）、律诗的韵、律诗的平仄（五律和七律的平仄、粘对、孤平的避忌、拗救、一三五不论、古风式的律诗）、律诗的对仗（对仗的种类、中两联对仗、首联和尾联对仗、少于两联的对仗、长律的对仗、对仗的讲究）、绝句（律绝、古绝）、古体诗（古体诗的韵、柏梁体、换韵、古体诗的平仄和对仗、长短句、入律的古风）；在“词律”一章中分节叙述词的种类（词牌、单调、双调、三叠、四叠）、词谱、词韵、词的平仄和对仗；在“诗词的节奏及其语法特点”一章中分节叙述诗词的节奏（诗词的一般节奏、词的特殊节奏）、诗词的语法特点（不完全句、语序的变换、对仗上的语法问题、炼句）。初学诗词写作者可以按照王力先生的这本著作阅读诗词，鉴赏诗词，创作诗词，修改诗词，经过一段时间的学习和练习，学习者最终能够按照格律要求写诗。

### 5 《楹联丛话》

《楹联丛话》的作者是梁章钜。《楹联丛话》是我国文学史上第一部联话著作。梁章钜在《楹联丛话》一书中提出楹联的创作方式和创作应遵循的法则，这对后代楹联创作具有重大意义。《楹联丛话》一书共分为十二卷，具体为故事、应制、庙祀、廨宇、胜迹、格言、佳话、挽词、集句集字、杂缀谐语等。书中收录了大量楹联，具体有宋代至清代的大量作品，既有名人名作收录其中，也有无名氏的作品收录其中。除此之外，梁章钜还对楹联的起源、演变做过考证，初步建立了楹联分类体系，阐明了楹联美学理论，这对后继者来说，有重要的学习价值。



### 6 《素月楼联语》

《素月楼联语》是一本汇集古今对联趣事诙语的小书，作者是张伯驹。此书的编纂主旨用张伯驹的话来说是“其道虽属雕虫小技，然存其梗概，以便后学，不使成绝响可耳”。《素月楼联语》一共有四卷，分别为故事、祠宇名胜、集句嵌字歇后、巧对谐联。此书用语并不生涩难懂，可供部分诗词爱好者阅读。

### 7 《联话丛编》

《联话丛编》由龚联寿先生主编。此书共八册，汇编明清至民国时期的联话 39 种，共计 340 万字，此书对联语研究具有重要价值。楹联的流传度不广，一方面是因为世俗之见，在大多数人眼中它是“雕虫小技”；另一方面则是楹联典籍的研究停滞不前。此书的出现则正好为楹联爱好者提供了学习资料，弥补了这方面的不足。《联语丛编》以纲统目，方便阅览。书的内容也极为丰富，既有作者的轶事趣闻；也涉及联语的功用、意义；更有分析联语的艺术技巧、深层意蕴及是非得失等等。总之，《联语丛编》是集前人之大成的著作，对联语研究和学习有重要意义。

## 8《词谱简编》

《词谱简编》的作者是杨文生。《词谱简编》是杨文生在参考前人词谱和多种近人著作的基础上,选录比较通用的一百二十个词牌和近四百首著名的唐、宋词编纂而成的。杨文生在《词谱简编》的前言中列举了有关词谱的一些问题:一、每一个词牌常有几种名称,这叫同调异名。二、许多词牌常有几种体制,彼此的段数、句数、韵数、字数都不完全相同,这叫同调异体。三、明代顾从敬的《类编草堂诗余》,依据词的字数的多少把词分三类:五十八字以内为"小令",五十九字至九十字为"中调",九十一字以上为"长调"。这种大致的分类,也可备一说。本书只按字数多少排列,没有采用。四、词的段落叫做"阕"或"遍"(简写作"片")。五、词是必须押韵的。总之,此书是诗词爱好者了解词牌名的参考书。

## 9《沈祖棻诗词集》

《沈祖棻诗词集》的作者是沈祖棻。此书由沈祖棻的丈夫程千帆先生笺注,沈祖棻因研究古典文学和写作旧体诗词而备受关注,她创作的《浣溪沙》深刻地反映了九一八事变后的民族危机。《浣溪沙》之后,沈祖棻受到激励,并开始了她的文学创作。"文革"中,程沈夫妇受到迫害,但沈祖棻仍继续进行诗歌创作,后沈祖棻在1977年因车祸去世。朱自清先生曾称赞沈祖棻为"现代李清照"。此书收录了沈祖棻的诗作,可供诗词爱好者阅读。

## 10《陈寅恪诗笺释》

《陈寅恪诗笺释》分为上下两册,是迄今为止唯一的陈寅恪诗笺注本,具有重要的学术价值。此书以陈寅恪的旧体诗再现了他的一生遭遇和背后的精神世界,可将此书视为陈寅恪的"心史"。陈寅恪喜欢用诗言志抒怀,将古典和今典并用,初时编纂的《陈寅恪诗集》没有注释，因而读者难以理解诗的深层含义。而此书对诗的时代背景有详细的描述，又“针对笺释的内容，给每首诗另起了一个标题”，更加方便读者理解。透过陈寅恪的诗作，我们可以了解中国现代知识分子的心路历程。

### 11《汉语现象论丛》

《汉语现象论丛》的作者是启功。书的内容包括:《古代诗歌、骈文的语法问题》《有关文言文中的一些现象、困难和设想》《文言文中“句”“词”的一些现象》《从单字词的灵活性谈到旧体诗的修辞问题》《比喻与用曲》《说八股》《诗文声律论稿》等几部分。《汉语现象论丛》涉及了汉语文学、语言、文化等多方面内容，从汉语现象出发对汉语进行深入研究，是一本体系完整的专业性指导著作。